Gesine Taubert

Interpretation von Gedichten im Examen

- ❐ Oberstufe
- ❐ Studium
- ❐ Unterricht

HERBEN VERLAG

Das Umschlagbild wurde gestaltet unter Verwendung der Abbildung eines Weingefäßes (aus dem Kreis des Brygos-Malers); München.

Umschlag:	Hans Limo Lechner, Pastetten
Satz und Layout:	DTP Wizard, Erding
Gesamtherstellung:	Offset- und Endlosdruckerei Loewer Wasserburger Straße 1 84427 Sankt Wolfgang

Printed in Germany

ISBN 978-3-930502-03-5

Inhaltsverzeichnis

Vorwort

Der Umschlag zeigt einen griechischen Sänger, Alkaios, und eine Sängerin, Sappho. Sie begleiten offensichtlich ihren Gesang selbst mit einem Saiteninstrument, der **Lyra**. Daher stammt das Wort **„Lyrik"** für Poesie. Diese wurde in allen Ländern ursprünglich gesungen, nicht einfach gesprochen. Die Darstellung befindet sich auf einem Weinbecher aus der Zeit um 480/470 v. Chr. Damals gehörten zu jedem Fest Wein und Lieder, wie es heute noch bei vielen Volksfesten der Fall ist.

Der Dichter war also ursprünglich immer ein Sänger. Denn in allen Sprachen gehörte zu dichterischen Worten anfangs immer eine Melodie. Nun gibt es in jeder Melodie Takte, das sind vorbestimmte Einteilungen, lange und kurze oder auch betonte und unbetonte Silben, meist in wiederkehrender Ordnung. Sie bestimmen den Rhythmus der Lieder. Das gilt bis heute noch für fast jede Art von Lyrik, die sich jedenfalls durch die Form (Zeilen) und nicht durch den Inhalt von Prosatexten unterscheidet.

Alkäische und sapphische Oden, d.h. Gedichte in der Form, die die beiden oben Genannten erstmals gefunden haben, gibt es noch bis ins 20. Jahrhundert. Das heißt, dass der Rhythmus ihrer Gedichte zuerst im Lateinischen und dann in verschiedenen anderen Sprachen aufgenommen wurde.

Jede Gedichtinterpretation ist nun von der Aufgabe bestimmt, Form und Inhalt zu verbinden. Das ist besonders wichtig, aber oft schwierig, wenn genauere Kenntnisse der verschiedenen Formen fehlen. Dazu kommt, dass im Gegensatz zu früher Gedichte heute meist nicht mehr laut gelesen werden, wobei sich das Versmaß oft von selbst ergäbe. Daher wird hier auf diesen Punkt besonderer Wert gelegt. Bei den Gedichten wird deshalb stets die Betonung angegeben, indem die betonten Silben fett gedruckt werden.

Dieses Heft soll Mut machen zum Interpretieren von Gedichten. Voraus gingen lange Jahre voll Examensvorbereitungen für Germanisten, daher sind viele Schwierigkeiten berücksichtigt, die sich bei dieser Arbeit ergeben haben. Die Interpretationen sind meist so kurz wie möglich und ganz ohne Berücksichtigung von Sekundärliteratur gegeben, da man ja in Klausuren ohnehin keine Möglichkeit hat, irgendetwas nachzulesen. Sie gehen also im Allgemeinen nur vom angegebenen Text aus.

Allen Lesern wünsche ich die gleiche Freude an der deutschen Lyrik, wie ich sie mein Leben lang hatte!

München, Frühjahr 2012

Gesine Taubert

Copyrightvermerke

Einführung in die Gedichtinterpretation

Die Sprache der Poesie unterscheidet sich von der gesprochenen und auch der geschriebenen Sprache in **Prosa** vor allem dadurch, dass sie **Verse**, also Zeilen aufweist. Das Ende der Zeile ist hier nicht dem Setzer überlassen, sondern wird von der jeweiligen Länge der Verse, also direkt vom Verfasser, bestimmt. Das Gebiet der Poesie heißt auch **Lyrik**. Lyrik kommt von Lyra, einem griechischen Saiteninstrument, ähnlich einer kleinen Harfe. Der Dichter war im klassischen Griechenland (um 600 vor Chr.) zugleich ein Sänger und begleitete mit diesem Instrument seine eigenen Lieder.

Was heißt nun, ein Gedicht zu „interpretieren"?

In Wilperts *Sachwörterbuch der Literatur* finden wir dafür „auslegen, erklären". Man soll also das, was nicht ohne weiteres verständlich ist und was sich nicht gleich beim ersten Lesen eröffnet, klar machen. Als dritter Begriff steht oft noch dabei „deuten" – aber damit wäre ich eher vorsichtig. Mit einer „Deutung" kann man leicht in eine falsche Richtung geraten. Denn der häufig gehörte Satz zahlreicher Lehrer „Was will uns der Dichter damit sagen?" ist eigentlich unmöglich zu beantworten. Man kann nicht wissen, was ein Mensch sich denkt oder gedacht hat bei dem, was er sagt; man hört oder liest nur die Worte, und die wenigsten Gedichte sind didaktisch ausgerichtet und wollen eine Botschaft vermitteln. Deshalb soll man beim Interpretieren auch nur von den Worten ausgehen, die man im Text findet. Der Autor selbst wird immer erst zum Schluss erwähnt, er hat in der Interpretation selbst nichts zu suchen.

Da in einer Examensarbeit keinerlei Möglichkeit besteht, andere Meinungen (Sekundärliteratur) nachzulesen, sind diejenigen Interpretationen, die bestimmte in der Sekundärliteratur geäußerte Auffassungen seitenlang aufzählen, wenig hilfreich. Hier wird versucht, nur das herauszustellen, was wirklich im Text steht, und das ist schon eine ganze Menge.

Notwendige Fragen vor Beginn

1. Sprechsituation:
   Wer spricht? Gibt ein explizites lyrisches Ich im Text (ich, wir)?
   Zu wem spricht es? Existiert ein Ansprechpartner (*du, ihr*)? In diesem Fall muss ein implizites lyrisches Ich vorhanden sein.
   Wo wird gesprochen? Vorsicht: Wenn ein Ort, z.B. ein Wald, erwähnt wird, muss das Gedicht nicht dort entstanden sein!
   In welchem Tempus wird gesprochen? Präsens, Präteritum, Futur?
   In welchem Modus? Indikativ oder Konjunktiv, evtl. Imperativ?
   Wenn in einem Text im Präteritum plötzlich das Präsens erscheint, ist das entweder durch direkte Rede bedingt oder es handelt sich um Aktualisierung, d.h. historisches Präsens, oder auch um etwas, das immer gilt, das heißt, um eine Verallgemeinerung.

2. Wortwahl:
   Sie wird durch den Inhalt bestimmt und kann erhaben, gefühlvoll oder auch alltagssprachlich usw. sein, voll von positiven oder auch negativen Begriffen. **Adjektive** können erklärend, steigernd oder auch nur schmückend sein. **Verben** können Zustands-, Bewegungs- oder Empfindungsverben sein.
   Gibt es Neologismen (Neuschöpfungen), Archaismen (heute ungebräuchliche Wörter), Dialektwörter?
   Welche Wörter erscheinen mehrfach? Das können **Leitmotive** oder **Schlüsselwörter** sein, sie können sich auch zu **Wortfeldern** zusammenschließen

3. Rhetorische Mittel:
   Alliterationen, Metaphern usw. sollten nur dann erwähnt werden, wenn sie den Text erhellen.

4. Syntax:
   Sie kann **einfach** oder **kompliziert** sein, viele Umstellungen (Inversionen), Parallelismen, Reihungen usw. aufweisen.

Aufbau einer Interpretation

1. Eine gute Interpretation hat immer eine **Einleitung**, in der auf den Dichter, das Thema oder eine besondere Fragestellung hingewiesen wird. (Man sollte aber nicht schon den Schluss vorwegnehmen!)

2. Der Beginn mit der **Sprechsituation** ist oft hilfreich.

3. Danach sollte der **Textverlauf** folgen, nach Strophen oder Abschnitten (beim Außerachtlassen dieser Hilfen wird oft Entscheidendes vergessen!). Besonderheiten erwähnt man am besten gleich.

4. Die **Form** sollte immer erst nach der Behandlung des Inhalts besprochen werden, da der Dichter sich sicher zuerst ein Thema vornahm und dann überlegte, welche Form er hier benutzen wollte. Wichtig ist es, dass die Form stets im Verhältnis zum Inhalt behandelt wird: unterstützt oder verstärkt sie ihn? Oder gibt es eine Diskrepanz?

5. Ein ausgesprochener **Schluss** (eine Zusammenfassung der Ergebnisse der Interpretation) darf auf keinen Fall fehlen, auch wenn anderes verkürzt werden muss.

6. Bei einem Gedichtvergleich bitte das früher entstandene Gedicht immer **zuerst** behandeln, da es eventuell dem zweiten Dichter bekannt war.

Interpretation von Gedichten mit deutlich zeitlichem Fortgang, d.h. von Balladen

Da Balladen oft nicht unter die Lyrik, sondern unter die **Epik** gerechnet werden, gelten hier andere Regeln für Interpretationen als bei der Lyrik.

In einer Ballade wird immer etwas erzählt. Deshalb soll bei Balladen von einem **Erzähler** gesprochen werden, einem unpersönlichen wie in der *Brück' am Tay* (Fontane) oder auch einem persönlichen wie im *Zauberlehrling* oder im *Schatzgräber* (beides von Goethe). Das Hauptkriterium für die Bestimmung, ob ein Gedicht oder eine Ballade ist oder nicht, ist dieses: Jede Ballade muss einen bestimmten **Vorgang** wiedergeben, der einen Anfang und auch ein Ende hat. Sie ist immer zielgerichtet, d.h. teleologisch.

Bei einer Interpretation entsteht dabei die Gefahr, dass nur der Inhalt wiedergegeben wird – das wird aber als Paraphrase sehr schlecht bewertet! Es muss also immer darauf geachtet werden, dass bei jedem Abschnitt bzw. jeder Strophe gesagt wird, wozu die jeweilige Aussage dient: zur Erklärung, z.B. des Zustands des Protagonisten, zur Verstärkung des Eindrucks auf die Zuhörer usw. Auch die Form sollte bewertet weren: Dient sie zur Verstärkung oder ist sie einfach traditionell?

Zu untersuchen ist, möglichst innerhalb der Besprechung der einzelnen Abschnitte:

1. Die Sprechsituation, wer spricht, evtl. zu wem?
2. Tempus und Modus
3. Wortwahl (z.B. banal oder erhaben)
4. Gang der Handlung
5. Form, d.h. Art der Verse, Strophen usw.

Die spezfiische Haltung des jeweiligen Autors zu seinem Thema wird oft nicht eigens formuliert, vielmehr ist eine gewisse Indirektheit spezifisch für Balladen.

Eine zusammenfassende Lehre bzw. Moral im Text ist nicht ungedingt notwendig, oft wird sie der Überlegung des Leser überlassen.

Betonung

Erfahrungsgemäß macht die **Bestimmung der Versform** (Metrik) oft Schwierigkeiten, daher hier ein Vorschlag, wie man leichter die jeweilige Form erkennen kann. Dazu gehen wir zurück auf die früheste Form von Gedichten, die Lieder, denn in allen Sprachen wurde zuerst gesungen.

Lieder haben eine Melodie, Melodien haben Takte, z.B. Vierertakt oder Dreiertakt. Lieder haben meist auch Strophen. Beides gilt genauso für viele Gedichte. Takte und Strophen gehören zur **Form** der Lyrik, die sie von der gesprochenen Rede und von geschriebenen Prosa-Texten unterscheidet.

Jeder Takt in der Musik hat immer eine **betonte** und meist mindestens eine **unbetonte** Note. Das ist auch bei Versen so, es gibt immer betonte und unbetonte Silben, wir nennen die betonten **Hebungen**, die unbetonten **Senkungen.** Wenn Hebungen und Senkungen regelmäßig wechseln, ergibt das ein bestimmtes Versmaß, eben die **Metrik** der Verse.

Bei guten Dichtern verstärkt die Form den Inhalt, deshalb ist eine genaue Analyse der Form so wichtig für eine Interpretation eines Gedichts. Man kann an den folgenden Beispielen sehen, wie man mit Hilfe der Formbeschreibung u. U. genauer interpretieren kann. Weil das oft vernachlässigt wird, gehe ich hier besonders auf die Form ein. Zugleich werden in den Interpretationen die wichtigsten Versarten beschrieben.

Dazu muss noch etwas über **Betonung** gesagt werden. Die Betonung (oder der Akzent) ist in der deutschen Sprache fest vorgeschrieben: Die Betonung muss im Deutschen immer auf der *Stammsilbe* liegen: **lau**fen, ge-**lau**fen – keinesfalls **ge**-lau-**fen,** das wäre eine Tonbeugung**.** Bei den im Folgenden abgedruckten Gedichten erscheinen die betonten Silben jeweils im Fettdruck.

Mit Hilfe der natürlichen Betonung kann man also leicht herausfinden, wie viele betonte Silben, d.h. Hebungen, in jeder Verszeile vorhanden sind. Kritisch wird das nur bei einsilbigen Wörtern. Daher sucht man sich zuerst Zeilen heraus, die ganz eindeutig sind (hier bezeichnet mit +). Außerdem ist zu untersuchen, wie die Zeilen beginnen, mit einer Hebung oder einer Senkung. Eine Senkung am Anfang wird Auftakt genannt. Wichtig ist auch, wie die Verszeilen enden: *einsilbig* oder *zweisilbig*. Den Versschluss nennt man Kadenz, die einsilbige wird eine männliche (m), die zweisilbige eine weibliche Kadenz (w) genannt. Gibt es immer eine Hebung und eine Senkung (oder umgekehrt,) ist das ein alternierendes Versmaß. Reime, also gleichklingende Wörter, werden immer mit kleinen Buchstaben bezeichnet, z.B. abab.

Versarten und Strophenformen

Versart: Trochäen

Wünschelrute

Schläft *ein* ***Lied*** *in* ***al****len* ***Din****gen,*	+	Xx Xx Xx Xx	a	w
Die *da* ***träu****men* ***fort*** *und* ***fort,***		Xx Xx Xx X	b	m
Und *die* ***Welt*** *hebt* ***an*** *zu* ***sin****gen,*		Xx Xx Xx Xx	a	w
Triffst *du* ***nur*** *das* ***Zau****ber****wort.***	+	Xx Xx Xx X	b	m

Joseph Freiherr von Eichendorff (1788–1857)

Folgende Beobachtungen bezüglich der Versform lassen sich festhalten: In dem Gedicht „Wünschelrute“ von Eichendorff ist die Betonung der ersten und der letzten Zeile absolut eindeutig (markiert durch ein +-Zeichen). Es beginnt mit einer Hebung, der dann jeweils eine Senkung folgt. Es ist also rein alternierend, denn jeder Hebung folgt eine Senkung; Hebung – Senkung, Hebung – Senkung usw. Ein Beginn mit der Hebung, dann alternierend, weist auf eine bestimme Versart hin, den Trochäus (Plural Trochäen, ursprünglich ein griechisches Versmaß).

Der Versschluss ist einmal zweisilbig (w), dann einsilbig (m), und gereimt: ab ab, das ist ein Kreuzreim. Weil die 1. und die 4. Zeile so eindeutig vierhebig sind, können wir die zweite und die dritte Zeile genau so lesen, auch wenn die Wörter *Die* (Z. 2), *Und* und *an* (Z. 3) nicht eine volle Betonung tragen (s.o. fett = betont, normal = unbetont). Es handelt sich also um 4-hebige Trochäen (= immer alternierend) im Kreuzreim (abab).

Bei einer Interpretation ist es wichtig, die **Sprechsituation** festzustellen: Wer spricht?
Kommt das Wort *ich* bzw. *wir* vor, dann gibt es ein *explizites lyrisches Ich*. Ein Ich gibt es aber auch, wenn *du* (*ihr*) vorkommt, denn das kann nur von einem Ich gesprochen werden, das dabei jedoch implizit bleibt. Wir können festhalten: Es gibt hier ein implizites lyrisches Ich wegen des *du* (Z. 4).

Ebenso wichtig ist es, ob etwas nur behauptet (wie hier) oder gesehen wird. Dazu kommt der Satzbau (einfach oder kompliziert). Hier ist er sehr einfach, in jeder Zeile ist der Satz vorläufig zu Ende, daher reiner Zeilenstil. Die Wortwahl kann konkret oder abstrakt sein, mit *Zauberwort* und *träumen* ist sie hier ebenso romantisch wie die Idee, dass die ganze Welt voller Musik und Gesang sei.

Trochäen können auch *reimlos* sein, sie kommen im Deutschen jedoch überhaupt selten vor.

Die Felswand

***Feindse**lig **wild**zer**ris**sen **steigt** die **Fels**wand.*
*Das **Au**ge **schrickt** zu**rück**. Dann **irrt** es **un**stät* +
*Da**ran** he**rum**. Bang **sucht** es, **wo** es **haf**te.*
***Dort!** Über **ei**nem **Ab**grund **schwebt** ein **Brück**lein* +
*Wie **Spinn**web. **Hö**her **um** die **schar**fe **Kan**te*
*Sind **Stap**fen **ein**ge**haun,** ein **We**ges**bruch**stück!* +
*Fast **o**ben **ragt** ein **Thor** mit **blau**er **Fül**lung:* +
*Dort **klimmt** ein **Wan**de**rèr** zu **Licht** und **Hö**he.*
*Das **Aug'** ver**bin**det **Stie**ge, **Stap**fen, **Stu**fen.* +
*Es **sucht.** Es **hat** den **gan**zen **Pfad** ge**fun**den,*
*Und **gast**lich, **sie**he, **wird** die **stei**le **Fels**wand.* +

Feind- = betonter Auftakt = XXxXxXxXxXx
Z.2/3: Zeilensprung, Enjambement

Dort = betonter Auftakt
Z.4/5, 5/6: Zeilensprung

Wanderèr = Zerdehnung (Nebenhebung auf unbetonter Silbe)
st-Alliteration

Conrad Ferdinand Meyer (1825–1898)

Das Gedicht über „Die Felswand" handelt fast nur von Konkretem: Eine schroffe, stark zerklüftete Felswand wird von einem Auge angeschaut, das zunächst vergeblich einen Weg sucht. Das Auge handelt sozusagen selbstständig, ist also vollkommen *personifiziert*. In vielen *Zeilensprüngen* (Z.2/3, 4/5/6, der Satz geht dort zwingend über das Zeilenende hinweg) geht das Auge *Daran herum* (3), man verfolgt im Gedicht mit diesem Auge die vielen Kehren des Weges, der oft wie unterbrochen scheint. Höher gehend zeigen sich jedoch eine kleine Brücke und auch Treppenstufen (*Stapfen*), auf denen *ein* ***Wan**derer* hinaufklettert. Dieses Wort hat hier zwei Hebungen (wegen der durchgehenden Alternation), ist also zerdehnt, was dem einzigen auftretenden Menschen eine besondere Bedeutung verleiht. Alle Verse beginnen mit einer Senkung, also mit Auftakt.

Wenn solche Verse alternierend sind, sind es Jamben (Singular: **Jambus**), hier ohne Reim. Da mindestens 6 von 11 Zeilen absolut eindeutig sind in ihrer Betonung, kann man von fünfhebigen Jamben sprechen. Sie sind immer alternierend.

Das Wort ***Feind se** lig*, das mit einem betonten Auftakt den Anfang macht, wird in der letzten Zeile aufatmend verändert zu ***gast**lich*, eine persönliche Anrede an den Leser: *siehe* schließt sich an. In diesem Wort *siehe* verbirgt sich eine Anrede, damit tritt also ein *implizites lyrisches Ich* auf.

Hiermit hat sich die anfängliche Gefährlichkeit (vgl. *Feindselig*) gelöst. Dass es für Vieles schlussendlich doch eine gute Problemlösung gibt, auch wenn es zuerst nicht so aussieht, ist hier jedenfalls C.F. Meyers Hoffnung.

Der verspätete Wanderer

*Wo **a**ber **werd** ich **sein** im **künft**gen **Len**ze?* +
*So **frug** ich **sonst** wohl, **wenn** beim **Hü**te**schwin**gen* +
*Im **Tal** wir **lie**ßen **un**ser **Lied** er**klin**gen,* +
*Denn **je**der **Wip**fel **bot** mir **fri**sche **Krän**ze.* +

*Ich **wuss**te **nur**, dass **rings** der **Früh**ling **glän**ze* +
*Dass **nach** dem **Meer** die **Strö**me **leuch**tend **gin**gen,*
*Vom **fer**nen **Wun**der**land** die **Vö**gel **sin**gen,* +
*Da **hatt'** das **Mor**gen**rot** noch **kei**ne **Gren**ze.* +

*Jetzt **a**ber **wirds** schon **A**bend, **al**le **Lie**ben* +
*Sind **wan**der**mü**de **schon** zu**rück**ge**blie**ben,* +
*Die **Nacht**luft **rauscht** durch **mei**ne **wel**ken **Krän**ze.* +

*Und **heim**wärts **ru**fen **mich** die **A**bend**glo**cken,* +
*Und **in** der **Ein**sam**keit** frag **ich** er**schro**cken:*
*Wo **wer**de **ich** wohl **sein** im **künft**gen **Len**ze?* +

Joseph Freiherr von Eichendorff (1788–1857)

(aus den nachgelassenen Gedichten)

Kurzcharakterisierung:

- fünfhebige Jamben, alle weiblich endend (= endecasillabo, Elfsilbler)
- Strophe: zwei Quartette, zwei Terzette; Reimschema abba abba cca dda = ein streng traditionelles Sonett
- explizites lyrisches Ich.

Das Gedicht, ein Sonett, beginnt mit einer Frage, die früher einmal gestellt wurde. Denn *sonst wohl* (2) muss hier auf eine frühere Zeit, die Jugendzeit, hinweisen, als das lyrische Ich in einer fröhlichen Gruppe junger Leute (*wir*, 3), singend und Hüte schwingend (2), auf Wanderschaft ging. Damals habe es voll Erwartung nach dem *künftgen Lenze* (1) gefragt. Dies wird begründet damit, dass es Erfolg und Freude hatte, was metaphorisch (= in einem Bild) ausgedrückt wird: *Denn jeder Wipfel bot mir frische Kränze* (4). Die unbeschwerte Freude an *Frühling* (5) und glänzenden Flüssen wird noch verstärkt durch den Gesang der Vögel, der voll von Sehnsucht nach der Ferne ist: *Vom fernen Wunderland die Vögel singen* (7). Der Sprecher versteht also die Sprache der Vögel. Alles dies wird zusammengefasst in dem Begriff der Grenzenlosigkeit, die auch für das Morgenrot gilt – wir haben hier also lauter romantische Metaphern und Vorstellungen.

Wo der Aufbau nach den zwei Quartetten zu den Terzetten wechselt und die meisten Sonette eine Wendung zeigen, erscheint hier mit *Jetzt* die Gegenwart: Die Tageszeit verwandelt sich vom *Morgenrot*, auch ein Bild für Jugend und Beginn des Lebens, in den *Abend* (9) als das Ende des Tages und des Lebens. Bedauernd wird gesagt, dass alle Lieben schon lange *wandermüde ... zurückgeblieben* (9) seien.

Hier zeigt sich eine Besonderheit. Die Reime: *Lenze* / *Kränze* aus dem ersten Quartett werden in der umgekehrten Reihenfolge wieder aufgenommen. Doch die *Kränze* sind nun zu *welken* geworden, und *Nachtluft rauscht* hindurch (11). Statt dem in die Ferne lockenden Vogelgesang *rufen Abendglocken ...* (12) heimwärts.

Die eigentliche Heimat für diesen Dichter ist, wie man an vielen seiner Gedichte nachprüfen kann, immer der Himmel, hier steht also eine deutliche Todesahnung. Mit dem Wort *Einsamkeit* (13) wird betont, dass seine Lieben ihn bereits verlassen haben (s. 9/10), und so steht hier keine erwartungsvolle, sondern eine bange Frage. Die geringe Veränderung des Eingangssatzes: *Wo **aber werd** ich **sein*** … , in dem erwartungsvoll nach einem Ort in der Zukunft gefragt wird, ist verändert zu *Wo **werde ich** wohl **sein** im **künft**gen **Len**ze?* (14) Hier liegt eine Betonung auf *ich* – in der ersten Zeile wurde das *ich* nicht betont. Das zweifelnde *wohl* in der letzten Zeile deutet an: Werde ich dann überhaupt noch da sein?

So liegt in diesen 14 Zeilen ein ganzer Lebenslauf, der traurig in Einsamkeit endet. Das entspricht der Lebenswirklichkeit des Dichters, denn Eichendorffs Frau war vor ihm gestorben, und er war sich zur Zeit der Entstehung des Gedichts (es wurde erst posthum, nach seinem Tod veröffentlicht) voll bewusst, dass er selbst seine Epoche, die Romantik, überlebt hatte. Viele Dichter verändern die strengen Regeln für Sonette, der Romantiker Eichendorff hält sie strikt ein.

Versart: Vierheber mit freier Füllung
Strophenform: Vierzeiler

Sachliche Romanze

I.	***Als** sie ein**an**der **acht** Jahre **kann**ten*		XxxXxXxxXx	
	*(**und** man darf **sa**gen sie **kann**ten sich **gut**),*		XxxXxxXxxX	
	***kam** ihre **Lie**be **plötz**lich ab**han**den*	+	XxxXxXxxXx	
	*Wie **an**dern **Leu**ten ihr **Stock** oder **Hut**.*	+	x XxXxxXxxX	
II.	*Sie **wa**ren **trau**rig, be**tru**gen sich **hei**ter,*	+	x XxXxxXxxXx	
	*ver**such**ten **Küs**se als **ob** nichts **sei**,*		x XxXxxXxX	
	*und **sa**hen sich **an** und **wuß**ten nicht **wei**ter.*	+	x XxxXxXxxXx	
	*Da **wein**te sie **schließ**lich. Und **er** stand da**bei**.*		x XxxXxxXxxX	
III.	*Vom **Fens**ter aus **konn**te man **Schif**fen **win**ken.*	+	x XxxXxxXxXx	
	*Er **sag**te, es **wä**re schon **Vier**tel nach **Vier***	+	x XxxXxxXxxX	
	*und **Zeit**, **ir**gendwo **Kaf**fee zu **trin**ken.*	+	x X XxxXxxXx	Doppelhebung
	***Nebenan** **üb**te ein **Mensch** Kla**vier**.*	+	XxxXxxXxX	
IV.	*Sie **gin**gen ins **kleins**te Ca**fé** am **Ort***	+	x XxxXxxXxX	
	*und **rühr**ten in **ih**ren **Tassèn**.*		x XxxXxXx̀	
	*Am **A**bend **sa**ßen sie **im**mer noch **dort***	+	x XxXxxXxxX	
	*Sie **sa**ßen al**lein**, und sie **spra**chen kein **Wort***	+	x XxxXxxXxxX	
	*und **konn**ten es **ein**fach nicht **fassèn**.*		x XxxXxxXx̀	

Erich Kästner (1899–1974)

Kurzcharakterisierung:

- vier Hebungen, aber wechelnde Senkungszahl = freie Füllung (eine, zwei oder keine Senkung)
- freier Auftakt (Str. I,1–3, III,4 ohne Auftakt, alle anderen mit Auftakt)
- Kreuzreim.

In diesem Gedicht gibt es Verse mit Auftakt (fast alle) und ohne Auftakt, viele mit zweisilbigen Senkungen (siehe das Schema neben den Zeilen), aber auch einmal eine Doppelhebung (III,3). Strophe IV ist um eine ganze Zeile erweitert (Reim ab aa b). Trotzdem kann hier nicht von einem „unregelmäßigen Gedicht" gesprochen werden, denn die Hebungszahl vier geht durch das ganze Gedicht, bis auf Z. 2 und 5 der Strophe IV.

Diese beiden Verse könnte man zweihebig ausschwingen lassen, mit einer Nebenhebung: ***Tas*** *sèn /* ***fas*** *sèn* (sog. klingende Kadenzen) – damit wäre auch die Hilflosigkeit dieser endenden Liebe eingefangen. In dem rein epischen Bericht gibt es immer wieder Gegensätze: *traurig – heiter* (II,1), *sie weinte – er stand dabei* (II,4), anscheinend hilflos, ohne sie zu trösten.

Gerade der Wechsel zwischen einsilbigen und zweisilbigen Senkungen, einmal sogar eine Doppelhebung, macht das Gedicht lebendig und eher alltäglich, eben sachlich (s. Überschrift), aber nicht prosaähnlich. Die quälende Stummheit der beiden allein noch immer im Café Sitzenden wird durch die zusätzliche Zeile überzeugend dargestellt, weil diese Strophe dadurch zunächst kein Ende findet. Die literarische Epoche, in die es gehört, wird Neue Sachlichkeit genannt (nach 1918). Dem Epischen entspricht ein unpersönlicher Sprecher.

Form: Metrisch haben wir Vierheber mit freier Füllung (= ein- und zweisilbige Senkungen) und freiem Auftakt, im Kreuzreim (Strophe IV ist um eine Zeile erweitert), ähnlich Volksliedern. Strophe IV, Zeile 2 und 5 haben nur 3 Haupthebungen, aber daneben noch eine Nebenhebung, womit die Vierhebigkeit erhalten ist. Das sind klingende Verse, die es schon am Beginn der deutschen Dichtung gibt, vgl. das folgende Beispiel.

Kirchenlied, um 1100 aufgezeichnet

I.	***Christ*** *ist er**stan** –* ***dèn***	***Von*** *der* ***Mar****ter* ***al – lè***	X XxXx̀	XxXxXx̀
	Des ***solln*** *wir* ***al****le* ***froh*** *sein*	***Christ*** *will* ***un****ser* ***Trost sein****.*	xXxXxXx̀	XxXxXx̀
II.	***Wär*** *er* ***nicht*** *er**stan** –* ***dèn***	*so* ***wär*** *die* ***Welt*** *ver**gan** –* ***gèn***	XxXxXx̀	xXxXxXx̀
	Seit *dass* ***Er*** *er**stan**den* ***ist****,*	*so* ***lo****ben wir den* ***Va****ter* ***Jesu Christ****.*	XxXxXxX	xXxxxXxXxX

Kurzcharakterisierung:

- Vierheber mit freier Füllung,
- freiem Auftakt und
- klingenden Kadenzen.

In Z.1a hat *Christ* nur *eine* Hebung und keine Senkung danach, es gibt also eine Doppelhebung. Aber viermal gibt es Hebung + Nebenhebung (gesungen: ***er-sta****han*-***dèn*** (wie oben bei ***Tas****-sèn*) = klingende Kadenzen. Z.4a hat jedoch auf den gleichen Tönen der Melodie *zwei* Silben: *er **stan**den **ist***.

Das bedeutet: Klingende Kadenzen können durch männlich-volle (= alle 4 Hebungen voll verwirklicht) ausgetauscht werden, sie haben wirklich vier Hebungen auf sieben Silben. Z. 4a hat hier sogar drei Senkungen (***lo****ben wir den* ***Va****ter*). Beim Vierheber mit freier Füllung kommt es *nur* auf die Hebungszahl an, die gleich bleibt, es können eine, zwei, sogar drei oder keine Senkungen zwischen den Hebungen liegen.

Versart: Daktylische Verse

Die in Volkslied-Versen erscheinen doppelten Senkungen haben nichts zu tun mit Daktylen. Diese sind bestimmt vom Daktylus (= Mittelfinger, lang, kurz, kurz). Die griechischen und lateinischen Verse wurden nicht, wie die deutschen, vom Akzent der Stammsilben bestimmt, sondern von der Länge oder Kürze der Silben. Aber im Hochdeutschen gibt es keine langen und kurzen Silben, sondern betonte und unbetonte (Hebungen und Senkungen). So sieht der Daktylus (D) hier so aus: Hebung und zwei Senkungen Xxx, z.B. ***köst*** *li che*. Er kommt jedoch nur in Gedichten vor, die sich eng anlehnen an antike Verse, d.h. in Hexametern, Distichen oder in Oden. Der Daktylus hat also im Griechischen und im Lateinischen eine Länge und zwei Kürzen (–◡◡), ins Deutsche übertragen aber eine betonte und zwei unbetonte Silben: Xxx.

Verse mit doppelten Senkungen, die im Vierheber neben einfachen Senkungen vorkommen, d.h ein Satz wie oben: ***Kam*** *ihre* ***Lie****be* ***plötz****lich ab****han****den* (XxxXxXxxXx) sind keinesfalls als daktylisch zu bezeichnen!

Strophenform: Distichen

Echte daktylische Verse gibt es nur in Hexameter-Epen, Oden und Distichen. Ein Distichon ist eine Folge von einem Hexameter und einem Pentameter, wie z.B. in dem Schillerschen Merkvers:

Im Hexameter steigt des Springquells flüssige Säule,	Sp D Sp Sp D Sp
Im Pentameter drauf fällt sie melodisch herab.	Sp D Sp An An
Im *He****xa****meter* ***steigt*** *des* ***Spring****quells* ***flüs****sige* ***Säu****le,*	Xx Xxx X x Xx Xxx Xx
Im *Pen****ta****meter* ***drauf fällt*** *sie me****lo****disch her****ab****.*	Xx Xxx X X xxX xxX

Die hier vorkommenden einsilbigen Senkungen zeigen im antiken Vers zwei Längen. Diese haben eine eigene Bezeichnung: Sie heißen Spondeen (Singular Spondeus, abgekürzt: Sp). Sie erscheinen aber im Deutschen meist wie ein Trochäus. Im Pentameter gibt es also im Deutschen in der Versmitte eine Doppelhebung (X X).

Die Umkehrung des Daktylus, zwei Kürzen, eine Länge, wird Anapäst (xxX An) genannt, klingt aber im Deutschen meistens wie ein Daktylus (s.o. im zweiten Halbvers des Pentameters).

Daktylische Verse gibt es fast nur Ende des 18. und Anfang des 19. Jahrhunderts, in modernen Gedichten hat diese Bezeichnung **keinen** Platz.

Abendgang	XxX
Durch ***schmie****ge* ***Nacht***	xXxX
Schweigt ***un****ser* ***Schritt*** *da****hin***	xXxXxX
Die ***Hän****de* ***ban****gen* ***blaß*** *um* ***kramp****fes* ***Grau****en*	xXxXxXxXxXx
Der ***Schein*** *sticht* ***scharf*** *in* ***Schat****ten* ***un****ser* ***Haupt***	xXxXxXxXxX
In ***Schat****ten*	xXx
Uns!	X
Hoch ***flimmt*** *ein* ***Stern***	xXxX
Die ***Pap****pel* ***hängt*** *her****auf***	xXxXxX
und	X
Hebt *die* ***Er****de* ***nach***	XxXxX
Die ***schla****fe* ***Er****de* ***armt*** *den* ***nack****ten* ***Him****mel*	xXxXxXxXxXx
Du ***schaust*** *und* ***schau****erst*	xXxXx
Dei*ne* ***Lip****pen* ***düns****ten*	XxXxXx
Der ***Him****mel* ***küsst***	xXxX
Und	X
Uns *ge****bärt*** *der* ***Kuß!***	XxXxX

August Stramm (1874–1915)

Dieses Gedicht des Expressionisten August Stramm zeigt keine festen metrischen Formen. Es handelt vom Gang zweier Personen (*unser* 2) durch Nachtdunkel. Die Expressionisten wollten sich absetzen von allen traditionellen Formen der Lyrik, was an diesem Gedicht besonders deutlich wird.

Denn hier gibt es weder Strophen noch Reime, auch nur wenige vertraute Worte, oft nur Anklänge an solche. Niemand kann genau sagen, was für eine Nacht eine *schmiege* (1) ist, oder warum *Hände blaß bangen* (3). Dass das mit Angst zusammenhängen könne, leuchtet ein, weil *krampfes Grauen* (3) damit verbunden wird. Viermal alliterierend ***st****icht … unser Haupt / Der* ***Sch****ein …* ***sch****arf in* ***Sch****atten* (4), was jedenfalls auch beängstigend sein könnte. Es wird aber nicht gesagt, woher dieser Schein kommt – vielleicht von dem *Stern*, der, statt dss er ‚flimmert' verkürzt nur *flimmt* (7).
Die *Pappel* ***h****ängt* (8) – aber nicht herunter, sondern ***h****erauf*, und wiederum alliterierend ***H****ebt* sie *die Erde nach* (10). Anscheinend werden möglichst viele Worte verkürzt, denn die *schlafe*(-nde?) *Erde* (um-)*armt den nackten Himmel* (11).
Hiermit treten sexuelle Andeutungen auf. Gleich darauf erscheint auch ein Du, das sowohl schaut als auch schauert, beide Verben vielleicht nur durch die gleiche Silbe *schau-* verbunden. Aber das *Du* (12), das wohl vorher schon implizit in den Worten *Uns* (6) und *unser* (2, 4) enthalten war, ist jetzt angesprochen, und dass *Deine Lippen dünsten* (13) drückt wohl auch eine sexuelle Anziehung aus. Diese führt dann zum *Kuß* (16), den jedoch der *Himmel* (14) gibt, der aber hinwieder *Uns* (16) hervorbringt. Wie das vor sich gehen könnte, ist unvorstellbar wie vieles in diesem Gedicht.
Hier werden Stern, Himmel und Erde eng sowohl miteinander als auch mit Liebenden verbunden, und es erscheinen immer wieder Neologismen.

Form: Freie Verse, keine Strophen, kein fester metrischer Rahmen
Den Neologismen entsprechen ganz neue Formen der Zeilenfüllung, die A. Behrmann als Freie Verse bezeichnet. Sie bleiben ohne Reim, und ihre Hebungen wechseln. Dreimal füllen einsilbige Worte (uns, 6; Und 9, 15) jeweils eine Zeile. Daraus wird eindeutig, dass es sich nicht um Freie Rhythmen handelt, die auf die antiken Oden zurückgehen, denn dort kommen solche einsilbigen Worte zur Zeilenfüllung niemals vor. Daneben gibt es hier fünf Hebungen (3, 4, 11), Zweiheber (1, 7, 12, 14) und Dreiheber (2, 8, 10, 14, 16). Das bedeutet das Fehlen jeglicher Regeln, wie es dieser ganz neuen Dichtung entsprach.

Zusammenfassung: Freie Verse bilden eine ganz neue Form ohne Reime und ohne festen metrischen Rahmen.

Versarten

Alexandriner:	Sechshebige Jamben, feste Zäsur nach der 3. Hebung**, gereimt** und fast **nur 17. Jh.** (späte Ausläufer bis 1750).
Anakreontische Verse:	Reimlos, immer alternierend mit gleichen Hebungszahlen, drei-, vier- oder fünfhebig
Freie Rhythmen:	Ebenfalls **reimlos**, erstmals 1759 bei **Klopstock** (*Frühlingsfeier*) freie Hebungen (2–6), eine oder zwei Senkungen, (selten drei); auch Doppelhebungen. Vers-Schlüsse aus Oden übernommen: Adoneus, Choriambus, Kretikus. Bei Goethe dann die **Hymnen** des Sturm u. Drang (z.B. *Ganymed, Prometheus, Mahomets Gesang* [1773]; und frühklassische: *Das Göttliche, Grenzen der Menschheit* [1782]).
Freie Verse:	Keine Freien Rhythmen, da ohne jede Anlehnung an Oden). Sie erscheinen im Expressionismus : u.U. mehr als 6 Hebungen, mehr als zwei Senkungen, aber stellenweise noch gereimt (Stadler).
Madrigalverse:	Alternierend, (Reime in verschiedenartigen Formen, Hebungszahlen verschieden; auch Waisen), 17. und 18. Jh.
vers commun:	Fünfhebige Jamben, Zäsur nach der 2. Hebung (nur 17. Jh.).
Volksliedverse:	Freie Füllung, 4-Heber, auch 2-Heber; in der Kunstdichtung erstmalig bei Herder in *Volksliedern,* später: *Stimmen der Völker in Liedern.* Vor allem Vierheber: oft klingend-stumpf, immer in Strophen, oft in **Vierzeilern** aber auch Fünf- bis Siebenzeiler.
Zentrierte Verse:	Nur bei Arno Holz, neue Form ohne jede Regelmäßigkeit (keine freien Rhythmen!).

Strophenformen

Stollenstrophen:	I. Stollen genau wie der II. Stollen = Aufgesang (z.B. abc abc); Abgesang anders als die beiden Stollen (z.B. dede).
Elegien = Distichen:	Ein Hexameter und ein Pentameter, vor allem in der Klassik.
Ghaselen:	persische Strophenform, erstmals bei Rückert (die jeweils zweiten Zeilen reimen immer auf das gleiche Wort, mitunter einfach die Zeilen wiederholend).
Oden:	Nach Horaz, reimlos, immer vierzeilige Strophen. Ab 1745 zuerst **sapphische Oden** bei Pyra und Lange (4 Zeilen, letzte Zeile ein Adoneus), Klopstock schuf auch **asklepiadëische** und **alkäische** Oden, außerdem **eigene** Odenformen (dort immer Metrum überschrieben).
Sonette:	Zuerst bei Petrarca (1304–1374). Traditionelle Form: fünfhebige Jamben mit weiblichen Kadenzen (Endecasillabo = Elfsilbler). Reimschema: 2 Quartette: abba abba, 2 Terzette: ccd eed oder cde cde (14 Zeilen, aber **eine** Strophe). Schon bei Rilke (*Sonette an Orpheus*) verfremdet, nur die Zeilenzahl (14) behalten. Auch bei Heym und anderen Expressionisten gibt es Sonette außerhalb der Tradition.

Ab 1945 gibt es sämtliche überlieferten Versarten und Strophenformen und freie Verse, oft mit sehr kurzen Zeilen.

Abgesang	siehe Stollenstrophe
Adoneus	antike Kadenz (XxxXx): ***schau**en und **lie**ben*
Akrostikon	Anfangsbuchstaben der Zeilen ergeben Wort oder Vers
Alliteration	gleicher Anlaut, nur bei Stammsilben: die **m**eisten **M**enschen (**B**erg – Ge**b**irge = Alliteration; Gebirge – Gefäß = keine Alliteration)
Anapher	gleiche Wörter am Anfang zweier Zeilen hintereinander, z.B. S. 30, Z. 7+8
antikisierend	antike Formen nachahmend
Antiklimax	(s. Steigerung = Klimax, Anitiklimax das Gegenteil)
Antithese (Opposition)	Gegensatz (im Barock häufig in den Halbzeilen des Alexandriners)
Apokope	Ausfall des Endsilben-e, (*End'* statt *Ende*)
Archaismus	veraltete Wortform, nicht mehr in Gebrauch, z.B. *seufzet* statt seufzt
asyndetische Reihung	verbindende Partikel fehlen: *sie waren traurig, betrugen sich heiter*
Aufgesang	siehe Stollenstrophe
Auftakt	Senkung vor der ersten Hebung, z.B. *Sie **gin**gen ins **klein**ste Café am **Ort***, S. 12
betonter Auftakt	Auftakt ausnahmsweise auch betont, z.B. bei Jamben *Auf **steigt** der **Strahl** und **fal**lend **gießt***, S. 60
Bänkellieder (Moritaten)	auf Jahrmärkten u.ä. gesungene Schauergeschichten
Chiasmus	spiegelbildliche Anordnung (a bb a): *die Kunst ist lang und kurz ist unser Leben*
Chiffre	nicht deutbarer Begriff, z.B. *Zeitalter der Nacht* (Nelly Sachs)
Choriambus	antike Kadenz (XxxX): ***Har**fenge**tön***
Collagenstil oder Reihungsstil	Kombination aus heterogenen Teilen: z.B. bei van Hoddis, *Weltende* S. 66: II. zuerst *Meere* – dann *Menschen* mit *Schnupfen* – dann *Eisenbahnen*
Daktylus	antiker Versfuß (Xxx): ***E**wige **Ro**ma*, S. 42
Didaxe	Lehre
Distichon	Strophe aus einem Hexamenter und einem Pentameter, s. S. 14
Elegie	besteht aus Distichen (= Metrik), oft klagende Themen
Ellipse	syntaktisch unvollständiger Satz, ein Satzteil, z.B. Verb, fehlt: *den Teufel nicht an die Wand* (fehlt: gemalt), / *weil ich nicht an ihn glaube*
Emblem	dreiteilige Kombination aus 1. Überschrift, 2. Bild, 3. Erklärung (häufig im Barock)
Emphase, emphatisch	Ausrufe (*o! Ach!*) oder Umstellungen (Inversionen) heben etwas hervor
Enjambement	(Zeilensprung), nur wenn kein Komma am Zeilenende,
hartes Enjambement	z.B. *Wer / Siegte außer ihm?*, S. 68
Epigramm	Inschrift, auch kurze zwei- bis vierversige Dichtungen
Euphemismus	geschönter Ausdruck, z.B. *entschlafen* statt *gestorben*
Fugung, glatte	zwischen zwei Zeilen: Hebung am Versende stößt auf Senkung am Versanfang XxX / xXx, z.B. ***Flü**gel**schlag** / Be**weg**te*
Gemination	Verdoppelung: *Gott, Gott*, S. 38
Gesetz der wachsenden Glieder	z.B. ein Kind – ein schönes Kind – ein wunderschönes Kind
Hermetik	stark verschlüsselte, nicht ohne weiteres erklärbare Dichtart
Hexameter	antiker Vers aus sechs Füßen, s. S. 14 oder S. 42
Hyperbel, hyperbolisch	Übertreibung, z.B. 14 Ausrufezeichen in 20 Gedichtzeilen, s. S. 38
Invokatio	Anrufung: *O vergiß es, vergib!* S. 46
Kretikus	antike Kadenz (XxX): ***Mor**gen**rot***

Lyrisches Ich explizit	wenn *ich* oder *wir* im Gedicht vorkommt
implizit	nur *du, ihr* oder *deine, eure* vorhanden
Madrigalverse	alternierend, verschiedene Reimarten, u.U. auch Waisen (reimlose Verse), wechselnde Hebungszahlen, vor allem bei Brockes
Metapher	= Übertragung, stammt aus einem Vergleich: *Achill kämpft* *wie ein Löwe*, aber Metapher: *der Löwe Achill*
kühne Metapher	*Der Port* (Hafen) *naht mehr und mehr sich zu der glider kahn*
absolute Metapher	s.o. Chiffre
Metonymie, metonymisch	Verschiebung eines Begriffs zu einem semantisch benachbarten: *Brot* für *Nahrung*
Nebenhebung	in klingenden Kadenzen: ***Tas**sèn*, S. 12 und bei Zerdehnung
Neologismus	Neuschöpfung eines Worts: *Knabenmorgenblütenträume.*
Nibelungenzeile	in Volksversen: Kadenz klingend / stumpf (= letzte, 4. Hebung pausiert), s. S. 56
Oxymoron	Gegensatz im Begriff selbst: *schwarzer Schimmel*
Panegyrik	schmeichlerische Lobrede
parabolisch	gleichnishaft (aus **Parabel** = Gleichnis)
Parallelismus	Gleichlaut in Satzbau oder Formulierung: *Was itzund prächtig blüht / Was itzund ...*, S. 26
pars pro toto	der Teil fürs Ganze, z.B. *unter meinem Dach* statt: in meinem Haus
pejorativ	abwertend
Pentameter	zweite Zeile im Distichon (= Fünffüßler)
Periphrase	Umschreibung z.B. *Erdenkloß* statt *Mensch*
Personifikation	etwas, Ding oder Tier, redet oder handelt wie eine Person
petrarkistisch	dichtend wie Petrarca, z.B. Lebendiges mit Mineralien vergleichend z.B. *rote Lippen = Korallen*
Refrain	gleiche Zeile am Schluss jeder Strophe
rhetorische Frage	beantwortet sich selbst
Reihung, asyndetische	Reihe ohne Konjunktionen: *der tausendmal so weiß, der tausendmal so klar,* S. 32
Scheinstrophen	gleiche Zeilenanzahl, aber metrisch nicht gleich. s. S. 38
sensatorisch, sensitiv	empfindlich für Gefühlsreize
Sentenz	Lehrsatz
Simultanëität	Gleichzeitigkeit
Sinnabschnitte	S. 55, 64, 68, 72 (wenn keine Strophen vorhanden)
Steigerung (Klimax)	immer zur Betonung, z.B. *Ihr lispelt, und rauscht* (S. 38, Str. III)
Strophen	müssen metrisch und im Reim gleich sein
Stollenstrophen	dreiteilige Strophen: **Aufgesang:** I. Stollen genau wie II. Stollen, III. **Abgesang:** andersartig, z.B. Sonett: I. abba II. abba III. cde cde
Synästhesie	Verbindung z.B. von optischen u. akustischen Begriffen (*des Himmels Bläue klingt*)
Synkope	*gehn* statt *gehen* (Verkürzung innerhalb des Wortes)
vanitas	Vergänglichkeit, im Barock auch *Eitelkeit* genannt, s. S. 26
Vergleich	immer eingeleitet durch *wie* oder *als*
Virgel	im Barock: Schrägstrich / statt Komma
Waise	reimlose Zeile in gereimter Dichtung
Zäsur	fester Einschnitt in einer jeden Verszeile, s.o. Alexandriner, S. 26
Zentrierte Verse	alle Verse zentriert gedruckt, nur bei Arno Holz
Zerdehnung	Nebenhebung auf sonst unbetonter Silbe, s.o. Nr. 2, ***Wan**derèr*, kommt nur in regelmäßigen Versen vor (Jamben, Trochäen, Hexametern, Oden)

Epochen der Lyrik (nur Stichworte)

Barock-Lyrik (1600–1710)

- Allgemein: Dichtung von Gelehrten für Gelehrte, daher noch viele Anspielungen auf antike Mythen (z.B. *Diana* = Mond). Stil: asyndetische Reihung, Parallelismus, Häufung. Viele Metaphern und Vergleiche, Antithesen, rhetorische Fragen
- Motive: Vergänglichkeit (*vanitas*); bedenke den Tod! (*memento mori*); Furcht vor Jüngstem Gericht und Hoffnung auf das Ewige Leben, daneben aber Daseinslust: Nutze den Tag! (*carpe diem*) und offene Sinnlichkeit. Petrarkismus: Vergleiche von Lebendigem (z.B. rote Lippen) mit Leblosem (z.B. Korallen), Mineralien u.ä.
- Form: meist Alexandriner (6-hebige Jamben, Zäsur nach der 3. Hebung) oder vers commun (5-hebige Jamben, Zäsur nach der 2. Hebung), beides nur im 17. Jh.! Aber auch barocke Daktylen, z.B. bei Harsdörffer und Neander; schlesische Reime: u/ie, ö/e, ei/eu (noch bis ins 19. Jh.)
- Wichtigste Vertreter: Martin **Opitz** (1597–1639), Georg Philipp **Harsdörffer** (1607–1658) Paul **Fleming** (1609–1640), Andreas **Gryphius** (1616–1664), Christian von **Hofmannswaldau** (1617– 1679), **Angelus Silesius** (1624–1677), Johann Christian **Günther** (1695–1723).

Frühaufklärung (1720–47)

- Allgemein: Diesseits und Natur positiv gesehen, Erde nicht mehr Jammertal wie im Barock. Freude an der Natur, weil sie Zeichen für Gottes Liebe ist (christlicher Schöpfungsglaube). Dank neuer schärferer Linsen genauere Einzelbeobachtungen möglich.
  Achtung: Eigentliche Aufklärung erst ab 1740, dann erst Deismus = unpersönliche Gottheit. Kant erst ab 1780.
- Motive: Freude an der Natur, Hinweis auf den Schöpfer. Positive Gefühle des Beobachters spielen eine große Rolle. Die Welt ist so gut eingerichtet, der Philosoph Leibniz: Unsere ist ‚die beste aller möglichen Welten'. Bei Haller Sittenreinheit des Alpenvolks.
- Form: Madrigalverse, verschiedenartige Hebungszahlen (1–6) und Reimformen, zur Hervorhebung auch Waisen.
- Wichtigste Vertreter: Bartold Hinrich **Brockes** (1680–1747), Albrecht von **Haller** (1708–1777).

Anakreontik oder Rokoko (1740–70)

- Allgemein: Abwendung vom Hof zu reinem Privatleben, Stil verspielt-galant.
- Motive: private Freundschaft, Liebe, Geselligkeit, Wein und Tanz; antike Götter.
- Form: Strophen oder auch reimlose alternierende Verse = sog. Anakreontische Verse, meist durchgehend drei- oder vierhebig, jambisch oder trochäisch. Wiederholungen statt der Reime.
- Wichtigste Vertreter: Friedrich von **Hagedorn** (1708–1754), Ludwig **Gleim** (1719–1803).

Empfindsamkeit (1740–80).

- Allgemein: schwärmerische Gefühlsseligkeit, Naturschwärmerei, erhabener Stil.
- Motive: Natur ohne genaue Beobachtung, Freundschaft, Melancholie.
- Form: oft reimlos, Einführung antiker Hexameter und horazischer Oden und neu: freie Rhythmen aus Odenbausteinen (Adoneus, Choriambus, Kretikus), zuerst bei Klopstock.
- Wichtigste Vertreter: Friedrich Gottlieb **Klopstock** (1723–1803), Ludwig Heinrich Christoph **Hölty** (1748–1776), Johann Heinrich **Voß** (1751–1826).

Sturm und Drang (1767–84)

- Allgemein: starke natürliche Gefühle geschätzt (Volkslieder bei Herder, *Stimmen der Völker in Liedern*), erstmalig Erlebnisdichtung, Geniekult.
- Motive: Natur, Ablehnung jeglicher Rationalität (gegen Aufklärung), gegen Nützlichkeit. Selbstverwirklichung des Genies, Anprangerung ungerechter Autoritäten des Staats, der Kirche und der Familie.
- Form: freie Rhythmen, auch Strophen, aber immer neue Bilder, auch Volksverse.
- Wichtigste Vertreter: Johann Gottfried **Herder** (1744–1803) Gottfried August **Bürger** (1747–1794), der junge **Goethe** (bis 1775), **Schiller** (bis 1784).

Deutsche Klassik (1785–1805 bzw. 1830)

- Allgemein: Sie darf nicht auf die Weimarer Klassik beschränkt werden. Anlehnung an die Antike. Streben nach Harmonie und dem Wahren, Guten, Schönen. Die Gesellschaft soll durch gute Beispiele verändert werden. Humanitätsideal. Evolution statt Revolution.
- Motive: Erziehbarkeit des Menschen zum Guten und Schönen; Verbindung des Wahren (Wissenschaft) mit dem Schönen.
- Form: sämtliche überlieferte Formen, meist antike: Hexameter, Jamben, Trochäen, Oden.
- Wichtigste Vertreter: Weimar: Johann Wolfgang **Goethe** (1749–1832), Friedrich **Schiller** (1759–1805). Außerhalb von Weimar: Friedrich **Hölderlin** (1770–1843), ebenfalls Anlehnung an die Antike mit Oden, aber oft eigenes tragisches Lebensgefühl ausdrückend.

Romantik (1797–1840)

- Allgemein: Ablehnung aller Rationalität. Besinnung auf die deutsche Vergangenheit und das deutsche Mittelalter. Wunsch nach Vereinigung aller Gattungen, daher Lieder und Märchen in Romanen.
- Motive: Glaube an Ahnungen und Träume, bis zu dunklen Bereichen der Seele. Phantasie, Nutzung der Volksdichtung. Synästhesien. Musik als höchste Kunst.
- Form: Zuerst viele Sonette, auch freie Rhythmen, später vor allem Volksverse.
- Wichtigste Vertreter: **Novalis** (Friedrich von Hardenberg) (1772–1801), Achim von **Arnim** (1781–1831) und Clemens **Brentano** (1778–1842): *Des Knaben Wunderhorn* (1806). Joseph von **Eichendorff** (1788–1857).

Spätromantik: (1820–1850)

- Allgemein: Hervorhebung der Schattenseiten der Psyche, schwärmerische Hinwendung zur Religion, Sehnsucht nach den alten Ordnungen der Gesellschaft und der Kirche.
- Motive: Naturschwärmerei mit romantischen Ideen, Melancholie.
- Form: Weiterführung von Formen und Motiven, traditionelle Sonette, aber vor allem Volksliedverse.
- Wichtigste Vertreter: Justinus **Kerner** (1786–1862), Ludwig **Uhland** (1787–1862), Nikolaus **Lenau** (1802–1850).

Zwischen Romantik und Realismus (auch ‚Biedermeier') (1820–50)

- Allgemein: noch Naturschwärmerei mit romantischen Motiven, aber schon psychologische Einsichten mit genauerem Hinschauen.
- Motive: Naturbegeisterung mit genauen Beobachtungen.

- Form: volksliedhafte Verse neben klassischen Metren und eigenen Formen.
- Wichtigste Vertreter: Anette von **Droste**-Hülshoff (1797–1848), Eduard **Mörike** (1804–1875). Daneben Friedrich **Rückert** (1788–1866) mit orientalischen Formen. Außerdem August von **Platen**-Hallermünde (1796–1835).

Heinrich Heine (1797–1856, dichtet ab 1822)

- Allgemein: Scharfe Kritik an Romantik: Spott, Parodien. Politische Dichtung gegen Kleinstaaterei und für Meinungsfreiheit und Demokratie, daher oft zum ‚Jungen Deutschland' gerechnet, aber auch kritisch gegen Herwegh und Freiligrath.
- Motive: romantische, aber ironisch verfremdet, und auch politische Kritik.
- Form: alle überlieferten Formen, meist Volksliedverse.

Junges Deutschland und Vormärz (1830–48)

- Allgemein: Rein politische Dichtung schon ab 1825, Streben nach Meinungsfreiheit, Einigkeit, Demokratie.
- Motive: Aufrufe zum Widerstand, zur Einigkeit.
- Form: meist überlieferte Strophen.
- Wichtigste Vertreter: August Heinrich **Hofmann von Fallersleben** (1798–1874), Ferdinand **Freiligrath** (1810–1876), Georg **Herwegh** (1817–1875).

Poetischer Realismus (1850–97)

- Allgemein: Die Dichter verklären die Welt, sind also keine reinen Realisten, wenden sich aber gegen den Idealismus der Klassik und der Romantik.
- Motive: keine platte Beschreibung der Wirklichkeit, Liebe zur Natur und zur Verklärung der schönen Welt.
- Form: Alle benutzen teilweise weiter volksmäßige Vierheber, aber auch klassische Metren, besonders Hebbel und C.F. Meyer.
- Wichtigste Vertreter: Friedrich **Hebbel** (1813–1863), Theodor **Storm** (1817–1888), Gottfried **Keller** (1819–1890), Theodor **Fontane** (1819–1898), Conrad Ferdinand **Meyer** (1825–1898). Daneben Emanuel **Geibel** (1815–1884).

Naturalismus (1880–1900)

- Allgemein: Dramen überwiegen, vor allem dialektgefärbte. Thematisierung des Konflikts zwischen Individuum und Gesellschaft.
- Motive: neue, soziale Motive; Bemühen um Detailtreue.
- Form: Neues brachte nur Arno Holz mit seinen neuen **zentrierten Versen** (keine freien Rhythmen!).
- Wichtigster Vertreter: Arno **Holz** (1863–1929).

Ästhetizismus (1890–1925)

- Allgemein: Eine Kunstanschauung, die im Ästhetischen den höchsten Wert sieht. Dichter wenden sich scharf gegen den Naturalismus.
- Motive: Wunsch, alles in Kunst zu verwandeln, gegen Alltagsbilder. Nur George kann als Symbolist bezeichnet werden, er übersetzte die französischen Symbolisten: Baudelaire, Mallarmé, Rimbaud.

- Form: teilweise neue Abwandlungen überlieferter Formen.
- Wichtigste Vertreter: Stefan **George** (1868–1933), Rainer Maria **Rilke** (1875–1926), Hugo von **Hofmannsthal** (1874–1929). Daneben Hermann **Hesse** (1877–1962).

Moderne Lyrik

Expressionismus (1910–1920)

- Allgemein: Ebenfalls eine bewusste Abwendung vom Naturalismus und der ganzen bisherigen Lyrik-Tradition. Die jungen Dichter wollten eine neue, ehrlichere Welt schaffen.
- Motive: neue Ehrlichkeit, daher Ästhetik des Hässlichen. Neue, in der Lyrik bisher nie verwendete Themen.
- Form: oft freie Verse (keine freien Rhythmen!), doch auch traditionelle, aber ganz neue Bilder.
- Wichtigste Vertreter: August **Stramm** (1874–1915), Ernst **Stadler** (1883–1914), Gottfried **Benn** (1886–1956), Georg **Trakl** (1887–1914), Georg **Heym** (1887–1912), Alfred **Lichtenstein** (1889–1914), Jakob **van Hoddis** (1887–1942).

Neue Sachlichkeit (1920–1945)

- Allgemein: Nach dem Ersten Weltkrieg Vermeidung von Pathos, auch in der Lyrik Nüchternheit und Alltagswelt.
- Motive: soziale Themen, Alltag, realistische Kritik und parodistische Ironie.
- Form: sämtliche bis dahin üblichen Formen.
- Wichtigste Vertreter: Kurt **Tucholksky** (1890–1935), Erich **Kästner** (1899–1974), Bert **Brecht** (1898–1956), *Hauspostille* (1926).

Naturmagie: (1920–1945)

- Allgemein: Schilderung der Natur und der Umwelt als beseelt.
- Motive: neue ungewohnte Bilder, Natur, da zeitlos, hat Eigenwert.
- Form: sämtliche bis dahin üblichen Formen.
- Wichtigste Vertreter: Wilhelm **Lehmann** (1882–1968), Georg **Britting** (1891–1964).

Politische Dichtung (1920–45)

- Allgemein: je nach Grundeinstellung betont nüchtern oder übersteigert hymnisch (sowohl bei nationalistischen als auch bei linken Autoren.
- Motive: nationalistische Fomeln und auch religiöse Schlagworte.
- Form: Sowohl die nationalsozialistische als auch die kommunistische Tendenzliteratur griff auf überlieferte Formen zurück, z.B. auf Volksliedstrophen und Sonette. Ebenso die Schriftsteller der Exilliteratur.
- Wichtigste Vertreter: Johannes R. **Becher** (1891–1958), Bert **Brecht** (1898–1956).

Nachkriegslyrik (ab 1945)

Kahlschlagliteratur

- Allgemein: Bemühen um eine Aufarbeitung der Nazizeit, aber auch noch Verdrängung; Kontroverse zwischen Innerer Emigration und Exilliteratur; bald vollzog sich auch eine politische Trennung mit der Etablierung der beiden deutschen Einzelstaaten.
  Nach dem Zweiten Weltkrieg totale Vermeidung erhabener Worte.
- Motive: Kriegselend, Not und Gefangenschaft, Verachtung der Kleinbürger.
- Form: sämtliche bis dahin üblichen Formen und viele reimlose Verse.
- Wichtigste Vertreter: Günter **Eich** (1907–1972), Günter **Kunert** (*1929).

Hermetische Dichtung

- Allgemein: Sprachskepsis, Scheu vor Phrasen, Anspruch auf innere Wahrheit jenseits der fassbaren Wirklichkeit.
- Motive: Suche nach neuen Themen und einer neuen Art von Bildlichkeit, die jedoch nicht jedem Leser zugänglich und nicht unmittelbar verständlich ist.
- Form: reimlos, vieldeutige dunkle Ausdruckweise, absolute Metaphern und Chiffren.
- Wichtigste Vertreter: Nelly **Sachs** (1891–1970), Günter **Eich** (1907–1972), Paul **Celan** (1920–1970), Ingeborg **Bachmann** (1926–1973).

Politisierung der Lyrik ab 1960

- Allgemein: Abkehr von der apolitischen Haltung hermetischer Lyrik, gegen Wirklichkeitsflucht und gesellschaftliche Isolierung; stattdessen Orientierung der Lyrik an gesellschaftskritisch-politischen Fragen; Aufhebung der Trennung von Politik und Literatur.
- Motive: Sachverhalte aufzeigen, die mit anderen, bequemeren Mitteln nicht vorgeführt werden können und Leser direkt ansprechen; politische und soziale Themen.
- Form: bewusste Verwendung lyrischer Stilmittel.
- Wichtigste Vertreter: Erich **Fried** (1921–1988), Hans Magnus **Enzensberger** (*1929), Wolf **Biermann** (*1936).

Neue Subjektivität und Postmoderne (1960–heute)

- Allgemein: Gegenströmung zur politischen Lyrik und Distanzierung vom politischen Geschehen. Wende nach innen und stärkere Zuwendung zur eigenen Identität und Individualität, also zum eigenen Ich (deswegen auch Begriff der „Neuen Innerlichkeit“).
- Motive: Alltagsmotive; Technik- und Fortschrittskepsis sowie Geschichtspessimismus.
- Form: z.T. wieder Reime.
- Wichtigste Vertreter: Helga M. **Novak** (*1935), Sarah **Kirsch** (*1935), Rolf Dieter **Brinkmann** (1940–1975), Jürgen **Theobaldy** (*1944), Ulla **Hahn** (*1945).

Andere moderne Dichter

- Allgemein: Eine Reihe von modernen Dichtern ist nicht in bestimmte Richtung einzuordnen. Sie verwenden in ihren Gedichten alle möglichen Motive und Formen.
- Wichtigste Vertreter: Rose **Ausländer** (1901–1988), Marie Luise **Kaschnitz** (1901–1974), Hilde **Domin** (1912–1999), Günter **Kunert** (*1929), Volker **Braun** (*1939).

Epochen und Dichter (Tabelle)

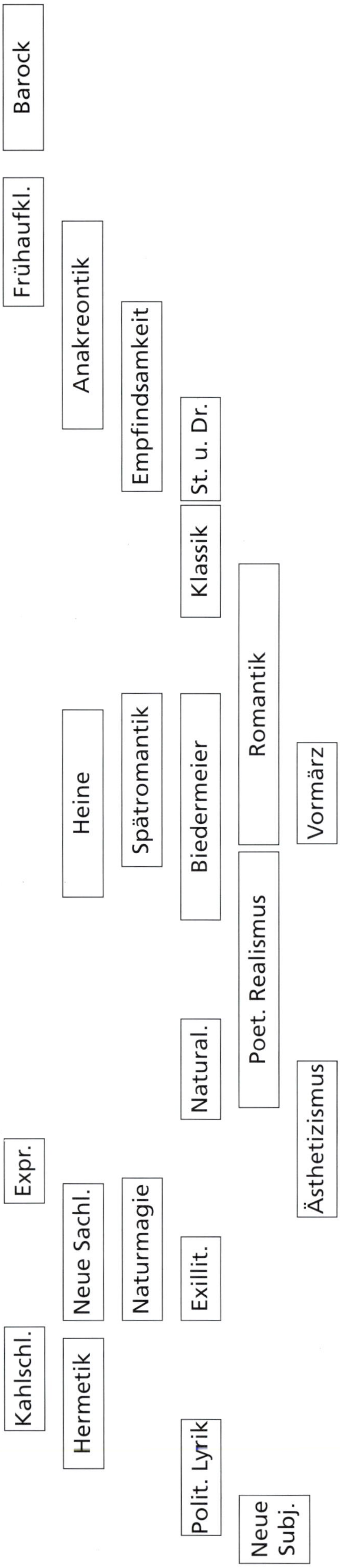

1600	**Barock 1600–1710**
1700	
1710	
1720	**Frühaufklärung 1720–1747**
1730	**Anakreontik 1730–1770**
1740	
1745	**Empfindsamkeit 1745–1780**
1750	
1760	
1765	**Sturm und Drang 1765–1784**
1770	
1775	
1780	
1785	**Klassik 1785–1805 (1830)**
1790	
1800	**Romantik 1797–1840**
1805	
1810	**1810 *Westöstl. Divan* (1814–1819)**
1815	
1820	**Spätromantik 1820–1850**
	Gegen Romantik Heine1822–1856
1830	**Zwischen Romantik und Realismus (Biedermeier)**
1835	**1820–1860**
1840	**Vormärz 1830–1848**
1848	
1850	**Poetischer Realismus 1850–1897**
1855	
1860	
1865	
1870	
1880	**Naturalismus 1880–1900**
1890	**Ästhetizismus 1890–1925**
1900	
1910	**Expressionismus 1910–1920**
1920	**Neue Sachlichkeit 1920–1945 • Naturmagie 1920–45**
1933	**Exilliteratur ab 1933**
1940	
ab 1945	**Nachkriegsliteratur**
1950	**Kahlschlagsliteratur ab 1945**
	Hermetik ab 1950
1960	
1965	**modern, aber nicht immer hermetisch ab 1960**
1970	**Politische Lyrik ab 1965**
1980	
	Neue Subjektivität und Postmoderne ab 1980

Opitz (1597–1639), Fleming (1609–1640), Harsdörffer (1607–1658), Gryphius (1616–1664), von Hofmannswaldau (1617–1679), Angelus Silesius (1624–1677)

Günther (1695–1723)

Brockes (1680–1747), Haller (1708–1777)

von Hagedorn (1708–1754), Gleim (1719–1803)

Klopstock (1723–1803), Hölty (1748–1776)

Herder (1744–1803), Bürger (1747–1794), Goethe (1749–1832) [StuD 1770–75], Schiller (1759–1805) [StuD 1775–84]

Goethe (–1830), Schiller (–1805), Hölderlin (1770–1805)

Novalis (1772–1801), Brentano (1778–1842), von Arnim (1781–1831) *Des Knaben Wunderhorn* (1806), von Eichendorff (1788–1857)
Goethe

Kerner (1786–1862), Uhland (1787–1862), Lenau (1802–1850) • Heine (1797–1856)

von Droste (1797–1848), Mörike (1804–1875), Rückert (1788–1866), Platen (1796–1835)

Hofmann von Fallersleben (1798–1874), Freiligrath (1810–1876), Herwegh (1817–1875)

Hebbel (1813–1863), Storm (1817–1880), Keller (1819–1890), Fontane (1819–1898), C.F. Meyer (1825–1898), [Geibel (1815–1884)]

Arno Holz (1863–1929)

George (1868–1933), Rilke (1875–1926), von Hofmannsthal (1874–1929), [Hesse (1877–1962)]

Stramm (1874–1915), Stadler (1883–1914), Benn (1886–1956), Trakl (1887–1914), Heym (1887–1912), Lichtenstein (1889–1914), van Hoddis (1887–1942)
Tucholsky (1890–1935), Kästner (1899–1974), Brecht (1898–1956) *Hauspostille,* 1926 ·
Lehmann (1882–1968), Britting (1891–1964)
Becher (1891–1958), Brecht (1898–1956)

Eich (1907–1972), Kunert (*1929)
Sachs (1891–1970), Celan (1920–1970), Bachmann (1926–1973), Ausländer (1901–1988)

Kaschnitz (1901–1974), Domin (1912–1999), Kunert (*1929), Braun (*1939)
Fried (1921–1988), Enzensberger (*1929), Biermann (*1936)

Novak (*1935), Kirsch (*1935), Brinkmann (1940–1975), Theobaldy (*1944), Ulla Hahn (*1945)

Es ist alles eitel

DV sihst / wohin du sihst nur Eitelkeit auff Erden
Was diser heute baut / reist jener morgen ein:
Wo itzund Städte stehn / wird eine Wisen sein /
Auff der ein Schäfers-Kind wird spilen mit den herden:
Was itzund prächtig blüht / sol bald zutretten werden.
Was itzund pocht und trotzt ist Morgen Asch und Bein /
Nichts ist / das ewig sey / kein Ertz / kein Marmorstein.
Itzt lacht das Glück uns an / bald donnern die Beschwerden.
Der hohen Thaten Ruhm muß wie ein Traum vergehn.
Soll denn das Spil der Zeit / der leichte Mensch bestehn?
Ach! Was ist alles diß / was wir vor köstlich achten /
Als schlechte Nichtikeit / als Schatten / Staub und wind;
Als eine Wisen-Blum / die man nicht wider find't.
Noch will was Ewig ist kein einig Mensch betrachten.

Andreas Gryphius (1643)

Form:
Strophe: Sonett (Reime: abba abba ccd eed)

Versart:
Alexandriner
sechshebiger Jambus, rein alternierend, Zäsur nach der dritten Hebung
Kadenzen weiblich (w) und männlich (m)

Es ist alles eitel

DV **sihst** / wo**hin** du **sihst** nur **Ei**tel**keit** auf **Er**den	xXxXxX ' xXxXxXx	w
Was **di**ser **heu**te **baut** / reist **je**ner **mor**gen **ein:**	xXxXxX ' xXxXxX	m
Wo **itz**und **Städ**te **stehn** / wird **ei**ne **Wi**sen **sein** /	xXxXxX ' xXxXxX	m
Auff **der** ein **Schä**fers-**Kind** wird **spi**len **mit** den **her**den:	xXxXxX ' xXxXxXx	w

Was **itz**und **präch**tig **blüht** / sol **bald** zu**tret**ten **wer**den.
Was **itz**und **pocht** und **trotzt** ist **Mor**gen **Asch** und **Bein** /
Nichts **ist** / das **e**wig **sey** / kein **Ertz** / kein **Mar**mor**stein**.
Itzt **lacht** das **Glück** uns **an** / bald **don**nern **die** Be**schwer**den.
Der **ho**hen **Tha**ten **Ruhm** muß **wie** ein **Traum** ver**gehn**.
Soll **denn** das **Spil** der **Zeit** / der **leich**te **Mensch** be**stehn**?
Ach! **Was** ist **al**les **diß** / was **wir** vor **köst**lich **ach**ten /
Als **schlech**te **Nich**ti**keit** / als **Schat**ten / **Staub** und **wind**;
Als **ei**ne **Wi**sen-**Blum** / die **man** nicht **wi**der **find't**.
Noch **will** was **Ewig** **ist** kein **ei**nig **Mensch** be**trach**ten.

Barocke Gedichte weisen, wie dieses hier, oft Schwierigkeiten auf, die in der Veränderung der Wort-Bedeutung liegen. Heißt ‚eitel' heute: ‚selbstgefällig, dünkelhaft', so hieß es im Mittelalter ‚leer, nichtig' und ‚vergänglich'. Von dieser Bedeutung ist hier auszugehen, so heißt der erste Vers im Prediger Salomo (Kohelet) bei Luther (Gryphius war evangelisch): *Es ist alles ganz eitel*; heute wird übersetzt: ‚vergeblich und vergänglich'. Wahrscheinlich geht Gryphius davon aus.
Ein unpersönlicher Sprecher wendet sich hier an ein ebenso unpersönliches Publikum, das er einfach mit *Du* anredet. In barocken Gedichten sollte man noch nicht von einem lyrischen Ich reden, weil die Aussagen keine persönlichen sind.

I. und II. Quartett: Dieser Sprecher redet über alles, was überhaupt auf Erden zu sehen ist und beweist sofort die Richtigkeit seiner Behauptung, die er in der Überschrift aufgestellt hat, dass nämlich einfach alles vergänglich ist. Dass das stimmt, dafür werden auf der Stelle Beispiele gegeben: Gebautes wird zerstört, wo Städte voller erwachsener Bewohner sind, wird bald nur noch ein einzelnes Kind spielen. Sie werden schnell zu unfruchtbaren Schafweiden werden, wo Schafe kurze Zeit weiden und dann weiterziehen. Alles Blühende wird dann, und zwar *bald* (5) einfach zertreten sein, sodass es nicht mehr kenntlich ist. Das ist eine Erfahrung aus dem Dreißigjährigen Krieg.

Das erste Quartett geht mit dem Doppelpunkt am Versende syntaktisch über in das zweite. Es folgen weitere Beispiele der gleichen Art: Auftrumpfende werden verbrannt und verwest sein – zur Verstärkung jeweils zwei Ausdrücke für die gleiche Sache. Auch feste Materialien halten nicht *ewig* – denn aus Metall können ja Kanonen gegossen und Marmor kann verbaut werden. Zusammengefasst wird das noch in zwei gegensätzlichen Abstrakta: *Glück* und *Beschwerden* (8), beide personifiziert: das *Glück* lacht, die *Beschwerden* aber machen großen Lärm, und zwar wiederum *bald* (8), also schnell.

I. und II. Terzett: Auch die Terzette sind syntaktisch zusammengebunden. Sie beginnen mit Abstrakta: *Ruhm* wird wie *Traum* verfliegen, (*muß* ist hier wie im Mittelhochdeutschen als Futur aufzufassen). Damit sind wir bei gedanklichen Begriffen. Die Menschen werden nun sehr abwertend bezeichnet: denn es wird gefragt (rhetorische Frage), ob demgegenüber *der leichte Mensch,* der ja nur ein *Spil der Zeit* (10) sei, also wertlos wie ein Spielzeug, überhaupt bestehen könne. Und das kann natürlich nur verneint werden. Die Zeit wird anscheinend als alles überdauernd angesehen. Sie ist in diesem Sonett immer wieder vorherrschend: die Gegensätze zwischen jetzt und schon bald nachher (*heute – morgen* 2; *itzund* (jetzt) – *bald* (schnell) 5, *itzt* (jetzt) – *Morgen* 6,8 sind unübersehbar. Und zwar ist die Zukunft offensichtlich immer zerstörerisch.

Es folgt, seufzend mit *Ach!* eingeleitet, eine zweite rhetorische Frage, die das erste mit dem zweiten Terzett verbindet: Was sei denn das alles, was *w i r* (d.h. der Autor zeigt sich hier mit inbegriffen) *vor* (= für) *köstlich achten* – Antwort: doch wohl nichts als *schlechte Nichtikeit, als Schatten, Staub und wind* (12) – vier Ausdrücke für Wertloses und schnell Vergängliches in einer Zeile! Die starken Abstrakta werden aber zuletzt noch überboten durch die Wiesenblume, die man nicht mehr finden kann, weil sie so winzigklein ist. Damit gibt es eine Wendung zum Anfang, wo das Kind auf der Wiese spielt.

Erst im letzten Vers erscheint der Grundgedanke, der hier alles bestimmt: mit Ausrufezeichen wird seufzend beklagt, dass trotz allem noch kein Einziger (*kein einig Mensch* =14) sich der Ewigkeit zuwenden wolle. Dahinter liegt, dass das doch die einzige Rettung für Leidende und Trauernde wäre.

Form: Das Sonett wird hier nur in den üblichen Reimformen (abba abba ccd eed) berücksichtigt, der Inhalt wird nicht, wie heute meist, in den Terzetten den Quartetten gegenübergestellt. Denn das ganze Sonett zeigt die gleiche Klage. Aber die Versform, der Alexandriner, ein sechshebiger Jambus mit fester Zäsur nach der dritten Hebung, stellt die Gegensatzpaare einander jeweils schroff gegenüber: *heute – morgen* 2; *Städte* (Plur.) – *e i n e Wisen* 3; blühen – zertreten, *itzund* (jetzt) – *bald* 5; *Ruhm – Traum* 9.

Gryphius zeigt sich in diesem Gedicht, das eines seiner bekanntesten ist, als Kind seiner Zeit, das Schreckliches in dem langen Krieg erlebt hat und nur eine Rettung kennt: die Wendung zum ewigen Gott, der jedoch erst im Jenseits das wahre Leben verspricht. Diese Weltabgewandtheit finden wir immer wieder bei diesem Dichter, der auf die Not des Lebens nur diese eine Antwort kennt. Sie bestimmt allerdings in dieser Zeit Gedichte auch von anderen Dichtern.

Vergänglichkeit der Schönheit

Es wird der bleiche tod mit seiner kalten hand
Dir endlich mit der zeit umb deine brüste streichen /
Der liebliche corall der lippen wird verbleichen;
Der schultern warmer schnee wird werden kalter sand /
Der augen süsser blitz / die kräffte deiner hand /
Für welchen alles fällt / die werden zeitlich weichen /
Das haar / das itzund kan des goldes glantz erreichen /
Tilgt endlich tag und jahr als ein gemeines band.
Der wohlgesetzte fuß / die lieblichen gebärden /
Die werden theils zu staub / theils nichts und nichtig werden /
Denn opfert keiner mehr der gottheit deiner pracht.
Diß und noch mehr als diß muß endlich untergehen /
Dein hertze kann allein zu aller zeit bestehen /
Dieweil es die natur aus diamant gemacht.

Christian Hofmann von Hofmannswaldau (um 1650)

Form:
Strophe: Sonett
Versart: Alexandriner

Vergänglichkeit der Schönheit

Es **wird** der **blei**che **tod** mit **sei**ner **kal**ten **hand**	xXxXxX ' xXxXxX	m
Dir **end**lich **mit** der **zeit** umb **dei**ne **brüs**te **strei**chen /	xXxXxX ' xXxXxXx	w
Der **lieb**lichè co**rall** der **lip**pen **wird** ver**blei**chen;	xXxXxX ' xXxXxXx	w
Der **schul**tern **war**mer **schnee** wird **wer**den **kal**ter **sand** /	xXxXxX ' xXxXxX	m
Der **au**gen **süs**ser **blitz** / die **kräff**te **dei**ner **hand** /		
Für **wel**chen **al**les **fällt** / die **wer**den **zeit**lich **wei**chen /		
Das **haar** / das **it**zund **kan** des **gol**des **glantz** er**rei**chen /		
Tilgt **end**lich **tag** und **jahr** als **ein** ge**mei**nes **band**.		
Der **wohl**ge**setz**te **fuß** / die **lieblichen** ge**bär**den /		
Die **wer**den **theils** zu **staub** / theils **nichts** und **nich**tig **wer**den /		
Denn **op**fert **kei**ner **mehr** der **gott**heit **dei**ner **pracht**.		
Diß **und** noch **mehr** als **diß** muß **end**lich **un**ter**ge**hen /		
Dein **hert**ze **kann** al**lein** zu **al**ler **zeit** be**ste**hen /		
Die**weil** es **die** na**tur** aus **diamant** ge**macht**.		

Christian Hofmann von Hofmannswaldau (1617–1679), *Vergänglichkeit der Schönheit*

Barock

Ganz anders als das Sonett von Gryphius endet das Gedicht von Hofmannswaldau, das jedoch evtl. zur gleichen Zeit geschrieben wurde, da dieser Dichter, nur ein Jahr jünger als Gryphius, alle seine Verse erst 1679 gesammelt drucken ließ.

I. Quartett: Es beginnt nicht trauernd, sondern grob und drohend. Es ist direkt an eine Frau gerichtet, und dieser wird nun vor Augen gestellt: Einmal, am Ende (*endlich* 2) wird statt eines Liebhabers der Tod ihre Brust streicheln; dann werden ihre roten Lippen, die petrarkistisch mit Korallen verglichen werden, so bleich werden, wie es der Tod ist, und der *warme Schnee* der Schultern (Bild für warme, weiße und glatte Haut) wird sich verwandeln und in der Erde, also im Grab, *kalter Sand* (4) werden, d.h. kalt, missfarben und rau, ebenfalls das genaue Gegenteil.

II. Quartett: Die strahlenden Augen und die zupackenden Hände, vor (< *Für*) denen *alles* sich jetzt verbeugt, werden mit der Zeit (*zeitlich,* hier = später) zunichte werden. Ihr *Haar*, jetzt noch golden, wird von den zukünftigen Tagen und Jahren wie (*als*) ein gewöhnliches (*gemeines* 9) farbiges *Band* (8) verwaschen und zerschlissen sein.

I. Terzett: Die Füße und all die so bewunderten Gesten (*gebärden*) der Dame werden, die einen *zu staub* (= die Glieder) und die anderen (= die Gesten 10) ganz und gar vernichtet werden. *Denn* (= Dann) wird sich keiner mehr vor dieser jetzt wie eine prächtige *gottheit* angesehenen Person demütig verneigen (11).

II. Terzett: Dieses alles und, hyperbolisch, *noch mehr als diß,* wird am Ende untergehen (12).

Es folgen zwei Zeilen, die auch religiös gedeutet werden könnten, was jedoch gewiss nicht in der Intention dieses Verfassers liegt, da dieses Sonett in Ausgaben des 17. Jahrhunderts unter die *‚galanten Gedichte‘,* d.h. die Liebes-Gedichte eingereiht ist. Der Grund nämlich, weshalb ihr Herz *zu aller zeit bestehen* könne, sei sein Stoff: Es sei von der *natur aus diamant gemacht* (13/14). Dies könnte ja auch heißen: aus sehr kostbarem Stoff und daher so unvergänglich wie ein Diamant. Aus anderen Gedichten des gleichen Verfassers und anderer dieser Zeit wissen wir jedoch, dass hier als ein häufig vorkommendes Motiv sicher die besondere Härte des Diamanten gemeint ist (vgl. Hofmannswaldau: *Laurette, bleibst du ewig* ***stein***).

Damit haben wir in diesen letzten beiden Zeilen ein sog. **Concetto** vor uns, also einen unerwarteten Witz, der hinweist auf die ständige Zurückweisung aller Anträge des Liebhabers, der seiner Dame nun droht, dass ihre Macht über die Männer gewiss nicht dauern werde. Die Betonung der Vergänglichkeit hat hier also einen bestimmten Zweck: Da die Macht Deiner Schönheit vergehen wird, sieh zu, dass Du sie jetzt ausnutzt und mir gibst, was ich möchte: einen Kuss zumindest – oder auch noch mehr.

Form: Auch dieses ist ein regelmäßiges Alexandriner-Sonett in der Reimform: abba abba ccd, eed, nur sind hier die Kadenzen anders verteilt: Es beginnt, sehr hart, mit einer männlichen Kadenz, die weiblichen Kadenzen liegen jeweils in der Quartett-Mitte bzw. in den beiden ersten Versen der Terzette. Dadurch beginnt es drohend mit einer männlichen Kadenz und endet ebenso kalt und fest mit einem einsilbigen Schluss, was der anfänglichen Drohung mit dem unabweisbaren Tod durchaus entspricht. So kann auch in einer ganz festen Form, einem Alexandriner-Sonett, die Schluss-Kadenz den Inhalt noch unterstützen.

Die **Unterschiede** der beiden Barockgedichte von Gryphius und Hofmannswaldau könnten nicht größer sein: im ersten weist Vergänglichkeit hin auf die Hinfälligkeit *aller* Menschen, die jedoch leider nicht daran denken wollen und gehört damit zu den Gedichten des *memento mori!* – Gedenke des Todes! Es bleibt damit allgemeingültig. Das zweite will mit seinen Drohungen und Hinweisen auf die Vergänglichkeit der jetzt noch schönen Gestalt einer bestimmten Frau, also nicht des Menschen überhaupt, nur eines erreichen: dass die Geliebte sich ihm endlich hingibt und gehört damit in den Themenkreis des *carpe diem!* – Nütze den Tag! Denn jetzt bist du noch schön und alle verehren dich deshalb, aber später, wenn du nämlich alt und hässlich sein wirst, wird dich keiner mehr liebend anschauen.

Während Hofmannswaldau mehrere scherzhafte Liebesgedichte mit ähnlichem Tenor schuf, fehlen diese bei Gryphius ganz und gar. Auch seine Gedichte an eine Dame namens *Eugenie* bleiben durchaus ernsthaft, sie preisen nur ihre Tugend, Klugheit und Frömmigkeit.

Aurora

I Aurora schlummre noch an deines Liebsten Brust /
es ist der tieffer Nacht kein Morgen noch bewust.
Diana führt die Sternen
noch höher in die Lufft /
will weiter von mir lernen /
was ich ihr vorgerufft.

II Neun Stunden sind nun gleich von nächten durchgebracht /
Neun Stunden hab' ich nun an Korilen gedacht.
An Korilen / die schöne /
von der ich bin so weit /
drümm klinget mein Gethöne
nach nichts denn Traurigkeit.

III Nähmt Korilen in acht / ihr Wächter aller Welt /
Für ihren treuen Sinn / den sie mir vorbehält.
Ich will nicht müde werden /
In ihrer festen Pflicht /
biß daß der Feind der Erden
auch mir mein Urtheil spricht.

IV Aurora / lege nun umm dich den purpur Flor /
Der junge Tag thut auff der Eas güldnes Thor.
Wirst du mein Lieb ersehen /
so gib ihr einen winck /
Als mir von ihr geschehen /
in dem ich von ihr gieng.

Paul Fleming (1646)

Form:
Strophenlied (alle Strophen gleich)

Versart:
jeweils zuerst zwei Alexandriner im Reimpaar, dann vier dreihebige Jamben im Kreuzreim.

Aurora

Au**ro**ra **schlumm**re **noch** an **dei**nes **Lieb**sten **Brust** /	6-hebiger Jambus, mit einsilbiger Kadenz, Alexandriner
Es **ist** der **tief**fer **Nacht** kein **Mor**gen **noch** be**wust.**	6-hebiger Jambus, mit einsilbiger Kadenz
Di**a**na **führt** die **Stern**en	3-hebiger Jambus, weibliche Kadenz
noch **hö**her **in** die **Lufft** /	3-hebiger Jambus, männliche Kadenz
will **wei**ter **von** mir **ler**nen /	3-hebiger Jambus, weibliche Kadenz
was **ich** ihr **vor**ge**rufft.**	3-hebiger Jambus, männliche Kadenz

Die Überschrift zeigt bereits einen Bereich, der in den anderen beiden Gedichten noch nicht vorkam: die spätantike Götterwelt.

I. Hier wird *Aurora,* die Göttin der Morgenröte, beschworen, doch noch weiter an der Brust ihres Geliebten zu schlafen, weil es ja noch mitten in der Nacht sei; damit könnte sie den Sonnenaufgang verzögern. Denn *Diana,* die Mondgöttin und daher die Anführerin der *Sterne* (3), wolle noch weiter von dem Ich-Sprecher (im Barock soll man nicht von einem lyrischen Ich sprechen) lernen, was der ihr vorsage. Und das ist anscheinend der Name seiner Geliebten, hier *Korilen* genannt, ein Deckname, der in Schäfergedichten vorkommt, nicht der tatsächliche der Geliebten.

II. Von den Nachtstunden seien schon neun vergangen, in denen der Ich-Sprecher ständig an diese *Korilen* (2, 3) gedacht habe. Durch die Wiederholung des Begriffs *Neun Stunden,* jeweils am Anfang der Zeile, wird der lange Zeitraum betont. Auch der fiktive Name der Geliebten wird wiederholt, und dazu gesagt, sie sei eine *schöne* (2). Das jedoch ist außer ihrer Treue (III,2) das Einzige, was wir von ihr erfahren. Außerdem hören wir, dass der Sprecher sehr weit entfernt sei von ihr. Deshalb sei es doch gewiss verständlich, meint er, dass er jetzt nur noch von *Traurigkeit* (6) singen könne.

III. Als *Wächter aller Welt* (1, häufig vorkommende Metapher) werden nun die Sterne direkt aufgerufen, die Geliebte zu beschützen, weil sie ja einen so *treuen Sinn* (2) habe und den auch nur für ihn allein hege (2). Dafür werde auch er festhalten an der *Pflicht* (= Treuepflicht) ihr gegenüber, und zwar bis zum Tode, der hier als *Feind der Erden* (5), also wohl von allem Lebendigen, bezeichnet wird.

IV. Nun aber wird Aurora aufgefordert, ihren roten Schleier anzulegen (*purpur Flor,* 1), denn der *junge Tag* öffne jetzt der *Eas* (Göttin des Tages) *güldnes Thor* (2) – eine Umschreibung für den Sonnenaufgang. Es werden also in der gleichen Zeile sowohl die deutsche (*Tag*) wie auch die gelehrte antike Bezeichnung (*güldnes Thor der Eas*) genannt. Nun wird noch eine direkte Bitte an die Morgenröte gerichtet: sie möge doch der Geliebten, wenn sie sie sähe (hier totale Personifikation), einen *winck* geben, denn er habe beim Abschied auch von ihr einen solchen bekommen. Was genau damit gemeint ist, wird nicht ganz klar, vielleicht das Winken mit der Hand? Die antiken Göttinnen werden jedenfalls ganz wie lebendige Personen behandelt, die zu eigenen Aktionen fähig sind.

Das kleine Gedicht ist überfüllt mit gelehrten antiken Bezeichnungen, die die hohe Bildung des Dichters bezeugen. Dabei werden die vergangenen Stunden sehr genau gezählt, was wohl seine unaufhörlichen Gedanken an sie bestätigen soll.

Form: Nach zwei paargereimten Alexandrinern folgen vier kurze kreuzgereimte ebenfalls alternierende Zeilen (Dreiheber). Die kunstvolle Strophenform bringt es obendrein fertig, den überlieferten realen Namen seiner Geliebten, ANNA, als Akrostichon (jeweils die Anfangsbuchstaben der Strophen) einzubringen.

Es wird hier deutlich, dass Barockdichtung vor allem Gelehrtendichtung ist, die sich mit antiken Namen schmückt und die unter Gebildeten allseits bekannten Bilder benutzt, wie *Aurora* für Morgenröte und die Sterne als *Wächter.*
Von der Geliebten wird aber nur ein schemenhaftes und sehr allgemeines Bild gegeben, sie ist nur schön und treu. Der Ich-Sprecher ist ebenfalls treu und hat große Sehnsucht nach ihr. Weil die Entfernung zwischen ihnen so groß ist, ruft er mehrere Zeitmetaphern auf, um diese Sehnsucht deutlich zu machen: die genaue Zahl der vergangenen Stunden, in denen er der Mondgöttin ihren Namen beibrachte, dann überhaupt die Nacht mit den Sternen, und zuletzt den Tag mit der Morgenröte. Diese solle nun sein Bote sein und ihr mit dem *winck* ein deutliches Zeichen von ihm überbringen. Diese phantastische Aufforderung verbindet reale Zeitbezeichnungen mit spätantiken Göttervorstellungen. In antiken Sagen greifen oft die Götter persönlich ein in die irdische Welt. In der barocken Dichtung werden solche Erzählungen noch ohne Weiteres als bekannt vorausgesetzt, denn alle diese Dichter waren seit ihrer Jugend vertraut mit der antiken Sagenwelt, sie hatten vor ihren deutschen lateinische Gedichte gemacht.

Kirsch-Blühte bey der Nacht

Ich sahe mit betrachtendem Gemüte
Jüngst einen Kirsch-Baum, welcher blüh'te,
In küler Nacht beym Monden-Schein;
Ich glaubt', es könne nichts von gröss'rer Weisse seyn.
Es schien, ob wär' ein Schnee gefallen.
Ein jeder, auch der klein'ste Ast,
Trug gleichsam eine rechte Last
Von zierlich-weissen runden Ballen.
Es ist kein Schwan so weiß, da nemlich jedes Blat,
Indem daselbst des Mondes sanftes Licht
Selbst durch die zarten Blätter bricht,
So gar den Schatten weiß und sonder Schwärze hat.
Unmöglich, dacht' ich, kann auf Erden
Was weissers ausgefunden werden.
Indem ich nun bald hin bald her
Im Schatten dieses Baumes gehe:
Sah' ich von ungefehr
Durch alle Bluhmen in die Höhe
Und ward noch einen weissern Schein
Der tausend mal so weiß, der tausend mal so klar,
Fast halb darob erstaunt, gewahr.
Der Blühte Schnee schien schwarz zu seyn
Bey diesem weissen Glanz. Es fiel mir ins Gesicht
Von einem hellen Stern ein weisses Licht,
Das mir recht in die Sele stral'te.
    Wie sehr ich mich an GOtt im Irdischen ergetze
Dacht' ich, hat Er dennoch weit grös're Schätze.
Die gröste Schönheit dieser Erden
Kann mit der himmlischen doch nicht verglichen werden.

Bartold Hinrich Brockes (1727)

Form:

Madrigalverse,
rein alternierend, Jamben mit verschiedenen Hebungszahlen und mehreren Reimarten.
Dazwischen Waisen (reimlose Zeilen), hier Z. 25.

Kirsch-Blühte bey der Nacht

Ich **sa**he **mit** be**trach**ten**dèm** Ge**mü**te	Zerdehnung	Paarreim
Jüngst **ei**nen **Kirsch-**Baum, **wel**cher **blüh'**te,		
In **kü**ler **Nacht** beym **Mon**den-**Schein;**		Paarreim
Ich **glaubt'**, es **kön**ne **nichts** von **gröss**'rer **Weis**se **seyn**.		
Es **schien**, ob **wär'** ein **Schnee** ge**fal**len.		Umarmender Reim
Ein **je**der, **auch** der **klein**'ste **Ast**,		
Trug **gleich**sam **ei**ne **rech**te **Last**		
Von **zier**lich-**weis**sen **run**den **Bal**len.		

Hier berichtet ein lyrisches Ich von einer seltsamen Situation: Es ging einmal vor kurzer Zeit (*Jüngst* 2) in der *Nacht beym Monden-Schein* (3) spazieren. Da sah es einen blühenden *Kirsch-Baum.* Der Gesichtseindruck wird sofort bewertet und die besondere Intensität der weißen Farbe gepriesen; das Ich glaubte, es *könne nichts von gröss'rer Weisse seyn* (4) und vergleicht diese Farbe mit frisch gefallenem Schnee. Da der Mond durch die *zierlich-weissen runden Ballen* (8) und auch durch alle Blätter schien, seien sogar die *Schatten weiß und sonder Schwärze* (12) gewesen. Auch ein *Schwan* (9) könne nicht so weiß sein. Dies wird noch einmal bekräftigt durch die Versicherung: *Unmöglich* (13) könne es auf der Erde etwas noch *weissers* geben.

Große Schönheit in dieser unseren irdischen Welt, an der man sich erfreuen kann (*ergetze* 26), wird hier durchaus positiv bewertet, was im Barock in dieser Weise noch nicht möglich war. Es wird damit jedoch immer auf etwas Höheres hingewiesen.

Denn jetzt (15) gibt es einen Umbruch: Als das lyrische Ich in die Höhe sah, erblickte es *noch einen weissern Schein,* der sogar *tausend mal so weiß, der tausend mal so klar* (20) gewesen sei (das hyperbolische *tausend mal* noch verstärkt durch die Wiederholung). Gegenüber diesem *weissen Glanz* (23) seien die weißen Blüten sogar schwarz erschienen! Dieses weiße *Licht* nun wurde von einem *hellen Stern* (24) hervorgebracht und habe das lyrische Ich bis in seine *Sele* (25) hinein berührt.

Vor den drei Schlussversen beginnt auch drucktechnisch ein neuer Abschnitt. Der bezieht sich nicht mehr auf Optisches, sondern direkt auf einen Gedanken (*Dacht' ich* 27): dass nämlich Gott immer noch *weit grös're Schätze* (27) habe, und deshalb könne die ***grös**te **Schön**heit **die**ser **Er**den / ... **mit** der **himm**lis**chèn** doch **nicht** ver**gli**chen **wer**den* (28/29). Durch die reine Alternation der Verse entsteht in dem Wort ***himm**lis**chèn*** eine Zerdehnung, d.h. auf der letzten Silbe liegt eine Nebenhebung. Dadurch bekommt dieses Wort im letzten Vers eine herausragende Betonung.

Damit sind wir bei der Grundidee dieses Dichters. Er beginnt in all seinen Gedichten mit einem optischen Eindruck, der möglichst genau tatsächlich beschrieben wird. (Brockes wollte ursprünglich Maler werden). Dann aber wendet sich der Verfasser immer dem zu, der dieses Wunder hervor brachte, oder, wie hier, bei dem ein noch größeres zu finden ist. Das bedeutet: durch die Bewunderung der irdischen Schönheit wird der Gedanke immer auf denjenigen gelenkt, der als der Schöpfer oder, wie hier direkt *GOtt* (26) genannt, im Besitz aller nur erdenklichen Schönheit ist. Dahinter liegt die Physiko-Theologie von Leibniz. Der vertrat die Idee, wir lebten in der *besten aller möglichen Welten* und Gott könne nicht nur aus den heiligen Schriften (wie im Mittelalter und im Barock), sondern auch aus der Natur erkannt werden.

Form: Dies alles wird nicht mehr in Strophen, sondern in sehr lebendigen Madrigalversen, rein alternierend, hier mit 3 bis 6 Hebungen, dargestellt. In diesem Gedicht sind oft auch noch die barocken Alexandriner zu finden (Z. 4, 9, 12, 23, 26, 29). Es gibt Paarreime (1/2, 3/4 ...), Kreuzreime (15-18) und umarmende Reime (5–8, 9–12, 19–22), und besondere Zeilen werden durch Fehlen des Reims (Waisen) hervorgehoben. Das betrifft hier die Aussage, dass der helle Stern ihm *recht in die Sele stral'te* (25), ihn also tief im Innersten berührte, was dann den frommen Schlussgedanken ermöglicht. Und in diesem Schluss nimmt er die beiden Reime *Erden / werden* (13/14), mit denen er den ersten Teil beendete, wieder auf und überhöht damit seinen ersten, auch schon höchst übersteigerten Text.

Mit seiner Sammlung: *Irdisches Vergnügen in Gott,* 1721–1748, die immer neue Auflagen hatte und zuletzt neun Bände umfasste, hatte dieser Dichter einen großen Erfolg. Man war damals der Überzeugung, jegliche Lehre müsse durch Reime verschönt werden und solche Lehrgedichte seien erst damit für das ungelehrte Publikum genießbar.

Anacreon

In Tejos und in Samos
Und in der Stadt Minervens,
Sang ich von Wein und Liebe,
Von Rosen und vom Frühling,
Von Freundschaft und von Tänzen;
Doch höhnt ich nicht die Götter,
Auch nicht der Götter Diener,
Auch nicht der Götter Tempel,
Wie hieß ich sonst der Weise?

Ihr Dichter voller Jugend
Wollt ihr bey froher Musse
Anacreontisch singen,
So singt von milden Reben,
Von rosenreichen Hecken,
Vom Frühling und von Tänzen
Von Freundschaft und von Liebe;
Doch höhnet nicht die Gottheit,
Auch nicht der Gottheit Diener,
Auch nicht der Gottheit Tempel.
Verdienet, selbst im Scherzen
Den Namen echter Weisen.

Friedrich von Hagedorn (1747)

Form:

Versart: anakreontische Verse: rein alternierend, immer gleiche Hebungszahl, hier dreihebige Jamben, aber anderswo auch in Strophen; ohne Reim, aber immer gleiche Kadenzen.

Anacreon

In **Te**jos **und** in **Sa**mos
Und **in** der **Stadt** Mi**ner**vens,
Sang **ich** von **Wein** und **Lie**be,
Von **Ro**sen **und** vom **Früh**ling,
Von **Freund**schaft **und** von **Tän**zen; ...

hier dreihebige Jamben mit weiblichen Kadenzen

Bis in die Mitte des 18. Jahrhunderts waren alle Dichtungen vom Reim bestimmt. Es gab ganze Reimlexika, in denen man Reimworte finden konnte. Jetzt befreiten sich mehrere junge Dichter vom Reimzwang. Das geschah an verschiedenen Orten, zuerst durch eine Übersetzung des sog. Anakreon in reimlosen Versen durch Gottsched (1733). In Hamburg verfasste dann Hagedorn ab 1742 kleine, heitere Dichtungen ohne Reime, in Halle dichtete Gleim (1744) reimlos und in Leipzig verfassten Lessing (1751) und der junge Goethe (1767) auch Lieder mit ähnlichen Themen. Mit dem Reim hatten diese Dichter auch die Lehrhaftigkeit des Barock und der Dichtungen des frommen Brockes aufgegeben.

Anacreon lebte im 6. Jahrhundert vor Chr. in Griechenland und seine Lieder sind nur lückenhaft, vor allem in lateinischen Übersetzungen erhalten. Dichtungen unter seinem Namen aus hellenistischer und spätrömischer Zeit handeln immer von Wein und Liebe, von Natur und von Kunst.

Das Gedicht von Hagedorn, *Anacreon,* ist also wohl ein Rollenlied unter dem Namen dieses spätantiken Poeten, von dem fast nichts im Original erhalten ist. Ein explizites lyrisches Ich als *Anacreon* berichtet über seine poetischen Werke. Er habe in drei griechischen Städten (das sind die drei Städte, in denen Anakreons Anwesenheit überliefert ist) nur immer von den gleichen Themen gesungen: von Wein und Rosen, dazu vom Frühling, von Liebe und Freundschaft, also von rein privater froher Geselligkeit. Andererseits habe er nie die Götter oder deren Diener und Tempel verhöhnt und so den Namen: *der Weise* verdient.

In einem zweiten, um drei Verse längeren Abschnitt werden nun junge Dichter ermahnt, und es wird angenommen, dass diese ihm vielleicht nachfolgen wollten und die Absicht hätten, *anakreontisch* zu singen.

Damit wird diese Art zu dichten schon als ein Ziel genannt, also bereits als anerkannt bewertet, z.B. durch Gottscheds Nachdichtungen. Falls diese *Dichter voller Jugend* (10) nun ebenfalls Weise genannt sein wollten, sollten sie es ebenso machen. Nun werden sämtliche Motive aus dem ersten Abschnitt, nur teilweise in anderer Reihenfolge, wieder aufgenommen. Dabei werden die Konkreta, Wein und Rosen, leicht variiert wiederholt und mit schmückenden Adjektiven versehen, denn die Schüler sollten von *milden Reben* (13) und *rosenreichen Hecken* (14) singen, die übrigen Begriffe bleiben gleich – auch die Mahnung, nur nicht die Götter zu verhöhnen, nicht einmal *im Scherzen* (30). Statt *Götter* (6–8) wird jetzt jedoch das Wort *Gottheit* (27–29) gebraucht und damit aus dem Heidnischen ins Allgemeine übertragen, was so auch für die Gegenwart des 18. Jh. gelten könnte. Der fehlende Reim wird durch Wiederholungen ersetzt.

Das ist eine Aufforderung zum Rückzug in eine unpolitische, rein bürgerliche Idylle, in der der absoluten Abstinenz von jeglicher Einmischung in politische oder geistliche Querelen das Wort geredet wird. Es entsprach der politischen Wirklichkeit des späten Absolutismus, in der der Hof allein alles bestimmte, und die einzelnen Untertanen keine Möglichkeit hatten, irgendetwas zu ändern. Ein Ersatz wurde in einer tändelnden Dichtung gefunden, die anstelle der Reime Wiederholungen pflegte und ihre Gedichte in reiner Alternanz und mit gleich bleibenden Hebungszahlen formte (hier immer weiblich endende Dreiheber mit Auftakt).

Form: Die dreihebigen reimlosen Jamben mit lauter gleichen (hier weiblichen) Kadenzen ersetzen die Reime durch Wiederholungen, z.B. sind fast entsprechende Zeilen 5 und 15, 6 und 17, 7 und 18 usw. Alle anakreontischen Gedichte zeigen neben reiner Alternanz gleich bleibende Hebungszahlen, anderswo auch vier oder sechs Hebungen.

Die hier erwähnten Naturphänomene, Wein und Rosen, sind übrigens rein begrifflich und wohl nur wegen ihrer Wirkung für gesellige Zusammenkünfte erwähnt – es ist im Gegensatz zu Brockes nichts wirklich beobachtet. Der *Anacreon* des Gedichts bleibt eine reine Phantasiegestalt, aber Hagedorn wird von Klopstock ausdrücklich als Dichter der Freude lobend erwähnt. Nach den Lehrgedichten des Barock und Brockes' Ermahnungen, immerfort Gott zu loben, war eine solche tändelnde Dichtungsart wohl eine reine Erholung.

Die Geliebte

Würde mein heißer Seelenwunsch Erfüllung,
Brächt ein gutig Geschick mich ihr entgegen,
Eine flügelschnelle Minut in ihrem
        Himmel zu atmen;

Seliger wär ich dann als Staubbewohner,
O dann würd ich den Frühling besser fühlen,
Besser meinen Schöpfer in jeder Blume
        Schauen und lieben!

Ludwig Christoph Heinrich Hölty (1768)

Form:
Strophe: sapphische Ode
zu erkennen an dem Beginn ohne Auftakt, vierte Zeile ein Adonëus (XxxXx), alle vierzeiligen Strophen vollkommen gleich gebaut: Trochäen und Daktylen;
Wanderdaktylus: Der Daktylus steht in der ersten Zeile als erster Fuß, in der zweiten Zeile als zweiter Fuß, in der dritten Zeile als dritter Fuß.

Die Geliebte

Würde mein **hei**ßer **Seel**en**wunsch** Er**fül**lung,	XxxXxXxXxXx	(Daktylus unterstrichen)
Brächt ein **gü**tig Ge**schick** mich **ihr** ent**ge**gen,	XxXxxXxXxXx	
Eine **flü**gel**schnel**le Mi**nut** in **ih**rem	XxXxXxxXxXx	
Himmel zu **at**men;	XxxXx	(Adonëus)

Seliger **wär** ich **dann** als **Staub**be**woh**ner,
O dann **würd** ich den **Früh**ling **bes**ser **füh**len,
Besser **mei**nen **Schöp**fer in **je**der **Blu**me
        Schauen und **lie**ben!

Der Endreim kam im Deutschen erst im 9. Jh. auf, die germanischen und die antiken Dichter benutzten ihn nicht. Horaz hatte die griechischen reimlosen Liedformen der Oden ins Lateinische übertragen. Um diese antiken Formen ins Deutsche zu übernehmen, übertrug vor allem Klopstock nun horazische Oden ohne Reime und metrisch genau (sapphische Oden erschienen gereimt schon früher im 18. Jh.). Oden zeigen die strengsten Formen der Dichtung, da jeder einzelne Takt vorherbestimmt ist und alle vierzeiligen Strophen das genau gleiche metrische Schema haben.

In der Nachfolge Klopstocks schufen auch andere Dichter des *Göttinger Hains* (Dichterbund) deutsche Oden, z.B. Hölty. Die Befreiung vom Reimzwang gab den Dichtern dieser Zeit die Möglichkeit, auch ihre persönlichen Empfindungen freier zu äußern.

I. In dieser sapphischen Ode stellt sich ein explizites lyrisches Ich vor, wie es wäre, wenn sein *heißer Seelenwunsch* (1) erfüllt würde. Der emphatische Neologismus *Seelenwunsch* wird noch gesteigert durch das Adjektiv heiß. Dabei ist der Wunsch eigentlich doch sehr bescheiden: nur eine ganz kurze Zeit möchte das Ich bei der Geliebten weilen. Mit einem neu gefundenen Adjektiv wird die Minute sogar noch verkürzt, es brauchte nur eine *flügelschnelle* (so schnell wie ein Flügelschlag 3) zu sein. Auch das Verweilen bei der Geliebten wird hochpoetisch formuliert: so kurz nur möchte es in *ihrem / Himmel ... atmen* (3/4), also die gleiche Luft wie sie genießen. Durch die Stellung des Possessivpronomens am Ende der dritten Zeile und das dadurch entstehende sehr harte Enjambement wird noch eine besondere Betonung erreicht.

Der Begriff *Himmel* bereitet schon die nächste Str. vor, in der vom *Schöpfer* gesprochen wird, und es ist darauf zu achten, dass der erste Satz (4) nur mit einem Semikolon abschließt, also noch nicht ganz zu Ende ist.

II. Die Folge würde dann sein, dass das lyrische Ich dann *Seliger* wäre als alle anderen *Staubbewohner* (1), also alle Menschen überhaupt. Eigens durch ein emphatisches *O* hervorgehoben wird die daraus erwachsende Steigerung seines Gefühls für den *Frühling,* also für die Natur. Hier ist eine ganz neue Naturbegeisterung festzustellen. Der gleiche Komparativ *Besser* (3) leitet den nächsten Vers ein und erhält dadurch noch eine stärkere Betonung. Dann könne das Ich auch seinen *Schöpfer besser* und in der Natur (*in jeder Blume* 3) wahrscheinlich auch genauer anschauen und daher noch heißer *lieben* (4). Die Verbindung zu Brockes Gedanken ist deutlich, aber das eigene Gefühl wird hier noch ungemein gesteigert. Diese ganze begeisterte Strophe wird abgeschlossen durch ein Ausrufezeichen.

Und dabei ist das alles doch nur eine Wunschvorstellung für die Zukunft, die nur vielleicht ein *gütig Geschick* (I, 2) ihm gönnen würde, denn das ganze Gedicht ist ja im Konjunktiv gehalten.

Form: Die formvollendete sapphische Ode zeigt einen Wanderdaktylus, den erst Klopstock eingeführt hat. Der Daktylus (Xxx) ‚wandert', weil er zuerst in der ersten, dann in der zweiten und schließlich in der dritten Hebung steht. Die sapphische Ode fügt sich nahtlos ein in die so oft von Begeisterung überschäumende Epoche der Empfindsamkeit.

In diesen neuen, aus der Antike übernommenen Formen ist die Übersteigerung des Gefühls besonders gut auszudrücken, obwohl hier jeder einzelne Takt vorbestimmt ist. Denn die erhabene Ausdrucksweise mit vielen Komparativen und Neologismen hebt die Gedichte heraus aus der Alltagswelt in eine nur von persönlicher Empfindung bestimmte eigene Welt der Dichtung.

DEM UNENDLICHEN

I. Wie erhebt sich das Herz, wenn es dich,
Unendlicher, denkt! wie sinkt es,
Wenns auf sich herunter schaut!
Elend schauts wehklagend dann, und Nacht und Tod!

II. Allein du rufst mich aus meiner Nacht, der im Elend, der im Tod hilft!
Dann denk ich es ganz, dass du ewig mich schufst,
Herlicher! den kein Preis, unten am Grab', oben am Thron,
Herr Herr Gott! den dankend entflamt, kein Jubel genug besingt.

III. Weht, Bäume des Lebens, im Harfengetön!
Rausche mit ihnen ins Harfengetön, krystallner Strom!
Ihr lispelt, und rauscht, und, Harfen, ihr tönt
Nie es ganz! Gott ist es, den ihr preist!

IV. Donnert, Welten, in feyerlichem Gang, in der Posaunen Chor!
Du Orion, Wage, du auch!
Tönt all' ihr Sonnen auf der Straße voll Glanz,
In der Posaunen Chor!

V. Ihr Welten, donnert
Und du, der Posaunen Chor, hallest
Nie es ganz, Gott; nie es ganz, Gott,
Gott, Gott ist es, den ihr preist!

Friedrich Gottlieb Klopstock (1764)

Form:
Strophen: vierzeilige Scheinstrophen, da metrisch nicht gleich
Versart: Freie Rhythmen: ohne Reime, in verschiedenen Hebungszahlen

DEM UNENDLICHEN

I.	**Wie** er**hebt** sich das **Herz,** wenn es **dich,**	XxXxxXxxX
	Un**end**licher, **denkt!** wie **sinkt** es,	x XxxXxXx
	Wenns auf **sich** her**un**ter **schaut!**	XxXxXxX
	Elend **schauts** weh**kla**gend **dann,** und **Nacht** und **Tod!**	Xx X xXxXxXxX
II.	Al**lein** du **rufst** mich aus **mei**ner **Nacht,** der im Elend, **der** im **Tod hilft**!	x XxXxxXxXxxXxXxXX
	Dann **denk** ich es **ganz,** dass du **e**wig mich **schufst**,	x XxxXxxXxxX
	Herlicher! **den** kein **Preis, un**ten am **Grab', ob**en am **Thron**,	XxxXxX XxxX XxxX
	Herr Herr **Gott!** den **dan**kend ent**flamt,** kein **Ju**bel ge**nug** be**singt**.	XxXxXxxXxXxxXxX
III.	**Weht, Bäu**me des **Le**bens, im **Har**fenge**tön !**	X XxxXxxXxxX
	Rausche mit **ih**nen ins **Har**fenge**tön,** kry**stall**ner **Strom!**	XxxXxxXxxXxXxX
	Ihr **lis**pelt, und **rauscht**, und, **Har**fen, ihr **tönt**	x XxxXxXxxX
	Nie es **ganz! Gott** ist es, **den** ihr **preist!**	XxX XxxXxX
IV.	**Don**nert, **Wel**ten, in **fey**er**li**chem **Gang, in** der Po**sau**nen **Chor!**	XxXxxXxXxX XxxXxX
	Du O**ri**on, **Wa**ge, du **auch!**	XxXxXxxX
	Tönt all' ihr **Son**nen **auf** der **Stra**ße voll **Glanz,**	XxxXxXxXxxX
	In der Po**sau**nen **Chor!**	XxxXxX
V.	Ihr **Wel**ten, **don**nert	x XxXx
	Und **du,** der Po**sau**nen **Chor, hal**lest	x XxxXxXXx
	Nie es **ganz, Gott; nie** es **ganz, Gott** ,	XxXX XxXX
	Gott, Gott ist es, **den** ihr **preist!**	X XxxXxX

Nachdem Klopstock die Hexameter und die horazischen Oden in deutscher Sprache erneuert hatte, erfand er für seine emphatischen Dichtungen die freien Rhythmen. Damit löste er sich von jedem metrischen Zwang, er schuf Verse, die von zwei bis zu acht Hebungen wechseln, ohne jede Regelmäßigkeit, nur dem spontanen Gefühl gehorchend. Die einzige Ordnung, die er aber erst später einführte, war eine Einteilung in Gruppen zu jeweils vier Versen, wie auch bei diesem Gedicht, bei dem sich an mehreren Stellen ein explizites lyrisches Ich zeigt (II,1/2), das sich im Bewusstsein seiner Unwürdigkeit trotzdem vertrauensvoll mit einer Du-Anrede an Gott wendet (*dich / Unendlicher* 1/2).

I. Zunächst werden in diesem Gedicht das *Herz* und das Denken gleichberechtigt nebeneinander gestellt, denn das *Herz ... erhebt sich,* wenn es *dich / Unendlicher denkt!* (1/2). Das Herz, immer schon Sitz des Gefühls, vermag demnach auch zu denken. Es kann auch sehen, denn es schaut nun von seinem erhöhten Standpunkt auf sich selbst herunter. Dabei jedoch sieht es nur Negatives: *Elend, ... Nacht und Tod!* (4) und klagt darüber. Mit einer solchen Reihung werden wir noch an Gryphius erinnert.

II. Aber jetzt wird voll Freude ausgesagt, dass der im I. Abschnitt als *Unendlicher* (I,2) Angeredete für den Betrübten doch stets derjenige wäre, der ihm aus dem Elend und dem Tod heraus helfen könne. Denn das lyrische Ich könne sich trösten damit, dass es doch als *ewig* (2) geschaffen sei. Dafür könne Gott nicht genug gepriesen werden. Für Gott werden jetzt steigernd mehrere positive Titel gefunden: *Herlicher* (3), *Herr Herr Gott* (4). Der Satz: *den kein Preis* (3) ... *genug besingt* (4) wird syntaktisch drei Mal retardierend unterbrochen, durch: *unten* (= *Grab* 3)*,oben* (= *Thron* Gottes) und *dankend entflammt* (4), wodurch die Hyperbolik, dass ihn *kein Jubel genug* (4) besingen könne, noch unterstützt wird.

III. Nun werden *Bäume des Lebens* (1) aufgefordert, ins *Harfengetön* (wohl das der Engelsharfen) wehend einzustimmen, ebenso ein *krystallner Strom* (2), der rauschend tönen soll. Drei akustische Verben werden zum Loben aufgerufen: lispeln (leise), rauschen und tönen – aber es wird gleich gesagt, dass das Preisen doch nie *ganz* (III, 4), also in vollkommener Weise, erfüllt werden könne, weil das Objekt eben Gott sei, dem kein Preisen genügen könne.

IV. Die Akustik wird nun gesteigert zum Donner der *Welten* (1)*,* der den Chor der *Posaunen* (1, wohl der himmlischen) begleiten solle. Auch die Sternbilder, *Orion, Wage* (2) und *all' ihr Sonnen auf der Straße voll Glanz* (3, auf der Milchstraße) sollten mittönen – eine synästhetische Verbindung von Sichtbarem (Sterne) und Hörbarem.

V. Aber auch alle die *Welten* (1) und *der Posaunen Chor* (2) könnten den Preis Gottes – das Wort steht hier viermal, und zwar dreimal direkt hintereinander – niemals ausreichend zum Klingen bringen. Die Wiederholung verstärkt jeweils.

In einer klaren Aufwärtsbewegung vom I. bis zum V. Abschnitt, angefangen bei dem von Elend und Tod umgebenen Ich über den Gedanken an den helfenden Gott, die Bäume, die Sternenwelt und den Chor der himmlischen Posaunen wird wiederholt, dass es unmöglich sei, das Lob Gottes in der rechten Weise tönen zu lassen, weil nichts Erschaffenes dazu fähig sei. Diese Hyperbolik wird auch mit den 14 Ausrufezeichen (in 20 Zeilen) ausgedrückt. Außerdem werden mehrere Formulierungen wörtlich wiederholt: *Nie es ganz* (III,4 und V,3 zweimal), *Posaunen Chor* (IV 1 und 4), und dadurch ungemein verstärkt. Damit wird die Überschrift: *Dem Unendlichen* in jedem Abschnitt bekräftigt, denn ein Unendlicher geht über die Grenzen alles Geschaffenen hinaus.

Form: Freie Rhythmen. Von zwei Hebungen (V,1) geht der Text bis zu sieben (II,1,3) und acht Hebungen (IV,1); mit mehreren Doppelhebungen (II,1,3; III,1,4; IV,1), im V. Abschnitt sogar 4 mal! Den Zeilenschluss bilden die aus den Oden bekannten Schlüsse: Kretikus (XxX) oder Choriambus (XxxX).

Vergleicht man das mit der anakreontischen Dichtung, dann sieht man erst, was für einen ungeheuren Schritt hier der Sprachschöpfer Klopstock mit den freien Rhythmen getan hat. Dies ist die einzige Versart, die von Deutschland aus die übrigen europäischen Dichtungen befruchtet hat. In einem solchen Gedicht sieht man deutlich, woher der ungeheure Aufschwung rührt: Hinter einer solchen Enthusiastik steht eine überstarke religiöse Begeisterung.

Im Herbst

Fetter grüne, du Laub,
Das Rebengeländer,
Hier mein Fenster herauf.
Gedrängter quillet,
Zwillingsbeeren, und reifet
Schneller und glänzend voller.
Euch brütet der Mutter Sonne
Scheideblick, euch umsäuselt
Des holden Himmels
Fruchtende Fülle.
Euch kühlet des Monds
Freundlicher Zauberhauch,
Und euch betauen, ach,
Aus diesen Augen
Der ewig belebenden Liebe
Voll schwellende Tränen.

Johann Wolfgang Goethe (1775)

Form:
Versart: Freie Rhythmen

Im Herbst

Fetter **grü**ne, du **Laub**,	XxXxxX	Ch
Das **Re**bengel**än**der,	x XxxXx	Ad
Hier mein **Fen**ster her**auf**.	XxXxxX	Ch
Ge**drängt**er **quil**let,	x XxXx	
Zwillings**bee**ren, und **reif**et	XxXxxXx	Ad
Schneller und **glän**zend **vol**ler.	XxxXxXx	
Euch **brü**tet der **Mut**ter **Son**ne	x XxxXxXx	
Scheide**blick,** euch um**säu**selt	XxXxxXx	Ad
Des **hol**den **Him**mels	x XxXx	
Fruchtende **Fül**le.	XxxXx	Ad
Euch **küh**let des **Monds**	x XxxX	Ch
Freundlicher **Zau**ber**hauch,**	XxxXxX	Kr
Und **euch** be**tau**en, **ach,**	x XxXxX	Kr
Aus **die**sen **Au**gen	x XxXx	
Der **e**wig be**le**benden **Lie**be	x XxxXxxXx	Ad
Voll schwellende **Trä**nen.	X XxxXx	Ad

Ch = Choriambus; Ad = Adonëus; Kr = Kretikus

Klopstock hat die Dichtung seiner Zeit stark beeinflusst. So verfasst auch der junge Goethe mehrere, wegen ihres Zusammenhangs mit antiken Göttern ‚Hymnen' genannte Gedichte in freien Rhythmen, z.B. *Ganymed* und *Prometheus.* Das hier besprochene zeigt ebenfalls diese Versform.

I. Zeile 1–6: Ein explizites lyrisches Ich bezeichnet anfangs deutlich seine örtliche Situation: Es steht an einem *Fenster,* zu dem ein *Rebengeländer* (2) hinauf führt. Dort entlang wächst Wein, der jetzt im Herbst bereits Trauben aufweist. Darunter befinden sich sogar *Zwillingsbeeren* (5), was gar nicht häufig vorkommt. Das Weinlaub und die Beeren werden aufgefordert, üppiger zu wachsen und schneller zu reifen, was praktisch doch nicht möglich ist. Die Forderung an das direkt angeredete *Laub, Fetter* zu grünen (1) ist schon sehr überraschend, denn Grün ist ja eine Farbe, die mit dem Begriff ‚fett' nichts zu tun hat – eine sehr ungewöhnliche Synästhesie. Die Forderungen zeigen lauter Komparative und klingen damit durchaus drängend, zumal in Z. 6 zwei gesteigerte Adverbien erscheinen.

II. In Zeile 7–12 erscheinen keine Imperative mehr, sondern es werden Feststellungen getroffen, und zwar darüber, weshalb diese Beeren so schön und gut reifen können – tagsüber würden sie von der Sonne gewärmt (7), und obendrein umschwebe sie die *Fruchtende Fülle* des *holden Himmels* (9/10). *Fruchtende* ist wohl ein Neologismus – obendrein sind beide, die *Fülle* und der *Himmel* durch Alliteration betont. Nachts würden sie dann wieder abgekühlt: Das mache ein *Freundlicher Zauberhauch* des Mondes (11/12), dem von altersher ohnehin magische Kräfte zugesprochen werden.

III. Zeile 13–16: Nun aber wird es phantastisch: Noch im gleichen Satz, verbunden durch *Und,* meint das lyrische Ich, das ja mit einen Aufforderungen bereits in den natürlichen Verlauf der Reifung eingreifen wollte, durch die Tränen aus seinen e i g e n e n Augen dabei mithelfen zu können. Diese Tränen werden, vor Glück seufzend (*ach* 13), als solche der *ewig belebenden Liebe* (15) bezeichnet. Es wird also angenommen, sie seien wie der Himmel und der Mondschein mit der besonderen Fähigkeit, Fruchtbarkeit zu wecken, ausgestattet.

Die Forderung an die Weintrauben, unter diesen Umständen besonders schnell reif und noch voller zu werden, ist gewiss noch nie da gewesen. Ein junger Liebender, stark beeinflusst durch Klopstocks Enthusiastik, hat hier den Schritt aus der religiösen Hyperbolik in die Naturschwärmerei getan. Offensichtlich fühlt sich das lyrische Ich so eng mit der Natur verbunden, dass es ihm nicht unmöglich scheint, Naturphänomene durch Worte und Tränen zu beeinflussen. Die Begriffe: quillen (4), *glänzend voller* (6) und *Voll schwellende Tränen* (16) gehören alle in das Wortfeld der *Fülle* (10), des Überflusses, von dem das ganze Gedicht lebt. Denn auch die Tränen scheinen ja Freudentränen zu sein, einem überquellenden Liebesglück dankend.

Form: Vielen Gedichten der Epoche des Sturm und Drang entsprechend sind die Verse freie Rhythmen. Im Vergleich mit Klopstocks Preis Gottes als *Dem Unendlichen* sind sie bei aller Emphase aber metrisch viel beruhigter. Gegenüber Sechs- und Achthebern bei Klopstock kommen hier nur Zweiheber und Dreiheber vor. Dabei entstand Klopstocks Gedicht nur elf Jahre früher. Auch die vielen Ausrufezeichen der Klopstock-Hymne fehlen. Goethes eigene frühere Hymnen, *Prometheus* und *Ganymed,* beides Rollenlieder, sind ebenfalls in Bezug auf die Versfüllungen noch viel bewegter. Der bei Klopstock und dem Bedürfnis nach dem Preis Gottes entsprechende vorherrschende Choriambus ist hier oft ersetzt durch den viel weicheren Adoneus, mit dem das Gedicht auch endet. Versucht Klopstock, sich aufzuschwingen zu Gott, sehen wir hier das seufzende *ach!* einer erfüllten Liebe.

Das ganz persönliche Gefühl des Liebesglücks bestimmt alles, es will die gesamte Natur beeinflussen, sogar das Wachstum in der Natur. Zuerst werden noch die natürlichen Möglichkeiten genannt, die im Frühherbst das Reifen bewirken: Die Sonne wird zutraulich *Mutter* (7) genannt, der Himmel ist hold und befruchtend, und auch der Mond hilft noch in der Nacht. Aber dann erscheinen überwältigend als letzte Steigerung die eigenen *Tränen*, die der herbstlichen Reifezeit entsprechend als *Vollschwellende* bezeichnet werden, und die offensichtlich auch noch zum besseren Wachstum der Trauben beitragen sollen. Damit entspricht das Gedicht der innigen Naturverbundenheit des jungen Goethe im Sturm und Drang, wie sie schon die Hymne *Ganymed* und der *Werther* zeigten. Ohne diese Vorbereitung ist übrigens die 25 Jahre später einsetzende Romantik nicht zu denken.

Erste Elegie

Saget Steine mir an, o sprecht, ihr hohen Paläste!
    Straßen redet ein Wort! Genius, regst du dich nicht?
Ja, es ist alles beseelt in deinen heiligen Mauern
    Ewige Roma; nur mir schweiget noch alles so still.
O wer flüstert mir zu, an welchem Fenster erblick' ich
    Einst das holde Geschöpf, das mich versengend erquickt?
Ahn' ich die Wege noch nicht, durch die ich immer und immer,
    Zu ihr und von ihr zu gehn, opfre die köstliche Zeit.
Noch betracht' ich Kirch' und Palast, Ruinen und Säulen
    Wie ein bedächtiger Mann schicklich die Reise benutzt.
Doch bald ist es vorbey, dann wird ein einziger Tempel,
    Amors Tempel nur seyn, der den Geweihten empfängt.
Eine Welt zwar bist du, o Rom, doch ohne die Liebe
    Wäre die Welt nicht die Welt, wäre denn Rom auch nicht Rom.

Johann Wolfgang Goethe (1788)

Form:

Strophe: Distichon
Versart: Daktylen, Spondeen, Anapäste.

Erste Elegie

Saget **Stei**ne mir **an,** o **sprecht,** ihr **ho**hen Pa**läst**e!	Xx'XxxX'xX'xXxxXx	Sp D Sp Sp D vk.D
Straßen **re**det ein **Wort**! **Ge**nius, **regst** du dich **nicht?**	Xx'XxxX'XxxXxxX	Sp D Sp An An
Ja, es ist alles be**seelt** in **dei**nen **hei**ligen **Mau**ern	XxxXxxX'xXxXxxXx	D D Sp Sp D vk.D
Ewige **Ro**ma; nur **mir schwei**get noch **al**les so **still.**	XxxXx'xX'XxxXxxX	D D Sp An An
O wer **flüs**tert mir **zu,** an **wel**chem **Fens**ter er**blick** ich	XxXxxX'xXxXxxXx	Sp D Sp Sp D vk.D
Einst das **hol**de **Geschöpf, das** mich ver**sen**gend er**quickt?**	XxXxxX'XxxXxxX	Sp D Sp An An
Ahn' ich die **We**ge noch **nicht,** durch **die** ich **im**mer und **im**mer,	XxxXxxX'xXxXxxXx	D D Sp Sp D vk.D.
Zu ihr und **von** ihr zu **gehn, opf**re die **köst**liche **Zeit.**	XxxXxxX'XxxXxxX	D D Sp An An
Noch be**tracht'** ich **Kirch**' und Pa**last**, Ru**in**en und **Säu**len	XxXxxXxXx'xXxxXx	Sp Sp D Sp D vk.D.
Wie ein be**däch**tiger **Mann schick**lich die **Rei**se be**nutzt.**	XxxXxxX' XxxXxxX	D D Sp An An
Doch bald **ist** es vor**bey,** dann **wird** ein **ein**ziger **Tem**pel,	XxXxxX'xXxXxxXx	Sp D Sp Sp Dvk.D.
Amors **Tem**pel nur **seyn, der** den Ge**weih**ten emp**fängt.**	XxXxxX'XxxXxxX	Sp D Sp An An
Ei**ne** **Welt** zwar **bist** du, o **Rom,** doch **oh**ne die **Lie**be	XxXxXx'xX'xXxxXx	Sp Sp D Sp D vk.D
Wäre die **Welt** nicht die **Welt, wä**re denn **Rom** auch nicht **Rom.**	XxxXxxX'XxxXxxX	D D Sp An An

Der letzte Vers wirkt im Deutschen absolut symmetrisch, weil die **Anapäste** (An xxX) des Pentameters im Deutschen wie Daktylen wirken: Xxx Xxx X X xx X xx X (= D D Sp An An).

(vk.D = verkürzter Daktylus.)

Johann Wolfgang Goethe, *Erste Elegie* (der römischen Elegien) — Klassik

Eine Elegie zeigt nicht unbedingt wehmütige Motive – diese übliche Meinung Elegien betreffend stammt daher, dass viele Elegien Klagelieder waren. Sie hat vielmehr vor allem eine ganz bestimmte Bauart: Sie besteht immer aus Distichen. Diese Machart beweist immer einen engen Anschluss an die geregelten Verse der Antike.

Hier nun spricht ein explizites lyrisches Ich die römischen Bauwerke an und bittet sie und die Straßen, endlich zu ihm zu reden (1/2). Das ist von vornherein ungewöhnlich, denn nicht jeder Mensch möchte mit Gebäuden reden. Dahinter steht das dringende Bedürfnis, auf diese Weise mit dem *Genius* dieser Stadt in Verbindung zu kommen, denn dieser wird gefragt, ob er jetzt nicht endlich in Erscheinung treten wolle (2). Zum dritten Mal wird ein abstrakter Begriff direkt angeredet: die ewige Stadt *Roma* (3/4). Es wird hochpoetisch formuliert, dass hier in den *heiligen Mauern* der *Ewige(n) Roma* doch eigentlich *alles beseelt* (3) sei, aber bedauernd wird festgestellt, trotzdem ernte das Ich bis jetzt nur Schweigen.

Und nun wird, eingeleitet mit emphatischem *O* (5), eine Vision gemalt: einmal werde doch das *holde Geschöpf* (6) erscheinen und zu ihm reden, das ihm dann Erfüllung bringen werde in zweierlei Weise: durch Feuer und Kühle. Dann werde das Ich viel Zeit auf die richtigen Wege verwenden, und es stellt sich eine *köstliche Zeit* (8) vor.

Aber jetzt sähe es die Bauwerke und die *Ruinen und Säulen* (9) nur wie ein gewöhnlicher Reisender – leicht verächtlich wird gesagt: *wie ein bedächtiger Mann* (10). Aus diesem Ausdruck wird deutlich, dass so etwas diesem Ich eben nicht genügt, es will tiefer, nicht nur *schicklich* (10), in diese besondere Stadt eindringen. Und das kann es sich nur mit Hilfe des Gottes der Liebe vorstellen, der natürlich dann in dem ihm gewidmeten *Tempel* (12) wohne. So werden persönliche, private Verhältnisse in dieser Stadt überhöht mit Hilfe von antiken Vorstellungen.

In den letzten beiden Zeilen wird die Stadt selbst wieder angeredet. Es erscheint von Neuem das emphatische *O,* wie schon in dem sehnsuchtsvollen Wunsch nach der erhofften Geliebten (5), aber jetzt in der Anrede *o Rom* (13). Und es wird kategorisch ausgesagt, diese Stadt sei zwar selbst eine ganze *Welt,* jedoch nichts *ohne die Liebe* (13). Denn auch die Welt wäre ja nicht vollständig ohne die Liebe, sie wäre dann keine *Welt* mehr, und deshalb wäre *Rom,* diese eigene Welt, *auch nicht Rom* (14), wenn es dort keine Liebe gäbe, und implizit: wenn dieser Besucher nicht persönlich die Liebe erfahren könnte. Damit wird der ganze Rombesuch wieder auf die eigene Persönlichkeit zugeschnitten, und so bleibt es auch für alle folgenden Elegien, die dann von der Erfüllung dieser hier geäußerten Hoffnung sprechen.

Wenn man weiß, wie sehr Goethe seit Jugendtagen auf die Begegnung mit dieser Stadt hoffte, und zugleich auch auf eine in jeder Hinsicht erfüllte Liebe, dann versteht man die Doppeldeutigkeit dieser Aussage.

Form: Sie entspricht wie der Inhalt ganz und gar der Hinwendung zur Antike: eine antike Elegie ist ein strenges Gebilde aus einer Folge von je einem Hexameter und dem darauf folgenden Pentameter, also aus lauter Distichen. Der Pentameter (= Fünffüßler) hat im Deutschen, wo die antiken Metren nicht mehr Längen und Kürzen sondern betonte und unbetonte Silben aufweisen, immer eine Mittelteilung nach der dritten Hebung. Denn der antike Spondeus (X X oder X'X), der jeden Daktylus (Xxx) ersetzen kann, weist immer eine zweite Länge auf statt der zwei Kürzen, die im Daktylus auf eine Länge (= dt. Hebung) folgen. Dafür stehen im Deutschen nun immer zwei Betonungen hintereinander, was dem deutschen Pentameter sechs Hebungen gibt und in der Mitte eine Doppelhebung erfordert. Das ergibt an vielen Stellen besondere Wirkungen. So in der 2. Zeile: ***Stra**ßen **re**det ein **Wort**! **Ge**nius **regs**t du dich **nicht**?* Oder in der letzten Zeile, die eine vollkommene metrische Symmetrie aufweist: ***Wä**re die **Welt** nicht die **Welt, wä**re denn **Rom** auch nicht **Rom.*** (XxxXxxX XxxXxxX.)

Andererseits kann der Hexameter hier gerade im Gegensatz zu dem metrisch eher festgelegten Pentameter seine ganze Lebendigkeit und Vielgestaltigkeit entfalten. Eine Zäsur kann nach dem dritten und dem vierten Versfuß liegen (Z. 1) oder nur nach dem 3. (3, 5, 7, 11), oder nur nach dem vierten Versfuß (9, 13). Auch die Spondeen (Sp), die im Hexameter jeden Daktylus außer dem 5. ersetzen können, sind verschieden verteilt (s. metrische Umschrift). Die letzten beiden Füße im Hexameter und im Pentameter sind immer gleich, wie es der antiken Regel entspricht.

Das der Antike entlehnte Versmaß wird durchaus eigenwillig mit persönlichen Gefühlen erfüllt, wie Goethe alle Gedichte mit seinem Eigensten durchsetzt.

An die Parzen

Nur Einen Sommer gönnt, ihr Gewaltigèn!
Und einen Herbst zu reifem Gesange mir,
Daß williger mein Herz vom süßen
Spiele gesättiget, dann mir sterbe.

Die Seele, der im Leben ihr göttlich Recht
Nicht ward, sie ruht auch drunten im Orkus nicht;
Doch ist mir einst das Heil'ge, das am
Herzen mir liegt, das Gedicht gelungen,

Willkommen dann, o Stille der Schattenwelt!
Zufrieden bin ich, wenn auch mein Saitenspiel
Mich nicht hinab geleitet; Einmal
Lebt ich wie Götter und mehr bedarfs nicht.

Friedrich Hölderlin (1798)

Form:
Strophe: alkäische Ode
Versart: Jamben, Trochäen und Daktylen

An die Parzen

Nur **Ei**nen **Som**mer **gönnt,** ihr Ge**wal**ti**gèn!**	x XxXxXxxXxX (alle Strophen absolut gleich gebaut)
Und **ei**nen **Herbst** zu **rei**fem Ge**san**ge **mir,**	x XxXxXxxXxX
Daß **willi**g**èr** mein **Herz** vom **sü**ßen	x XxXxXxXx
Spiele ge**sät**tiget, **dann** mir **ster**be.	XxxXxxXxXx

Die **See**le, **der** im **Le**ben ihr **gött**lich **Recht**
Nicht **ward,** sie **ruht** auch **drun**ten im **Or**kus **nicht;**
Doch **ist** mir **einst** das **Heil'**ge, **das** am
Herzen mir **liegt,** das Ge**dicht** ge**lun**gen,

Will**kom**men **dann,** o **Stil**le der **Schat**ten**welt!**
Zu**frie**den **bin** ich, **wenn** auch mein **Sai**ten**spiel**
Mich **nicht** hin**ab** ge**lei**tet; **Ein**mal
Lebt ich wie **Göt**ter und **mehr** be**darfs** nicht.

Friedrich Hölderlin, *An die Parzen* (1770–1843) — Klassik

Wie viele Gedichte von Hölderlin ist auch dieses eine antike Ode, eine alkäische, die besonders schmiegsam ist und viele Enjambements und Strophensprünge aufweisen kann. Oden haben die strengste Form aller Gedichte, hier ist jeder einzelne Takt vorbestimmt. Diese ist schon im Titel als Anruf gekennzeichnet, als eine dringende Bitte an höhere schicksalhafte Mächte. Denn die *Parzen* sind die römischen Schicksalsgöttinnen (griech. Moiren), sie spinnen den Lebensfaden der Menschen, messen ihn ab und schließlich schneiden sie ihn ab. Sie bestimmen also die Länge der Lebenszeit.

I. In dieser Ode werden sie von einem expliziten lyrischen Ich direkt gebeten, ihm doch noch *Einen Sommer .../ und einen Herbst* (1/2) zu gewähren. *Einen* ist im Urtext groß geschrieben, also besonders betont. Weil sie über die gesamte Lebenszeit verfügen, werden sie als *ihr Ge**wal**ti**gèn*** angeredet, mit zwei Hebungen (wegen der vorgeschriebenen Form) sind sie aus den übrigen Worten herausgehoben.

(Nebenhebung auf der letzten Silbe, also Zerdehnung, ebenso in ***willigèr*** 3). Das lyrische Ich möchte zusätzliche Lebenszeit bekommen. Ein Sommer und ein Herbst sind ja eigentlich nur ein halbes Jahr. Aber diese Zeit solle einem besonderen Zweck dienen: *zu reifem Gesange* (2). Danach wäre sein *Herz* sicher *vom süßen Spiele gesättiget* und könne daher *williger* sterben (3/4). Das süße Spiel ist ein Synonym für den reifen Gesang, für den es diese Zeit benutzen möchte, das meint ein vollendetes Dichtungswerk (nicht nur ein Gedicht).

II. In der nächsten Strophe wird der Gedankengang verdeutlicht: In der Meinung des lyrischen Ich habe jede *Seele* ein eigenes *göttlich Recht* (1). Wenn sie dieses in dem *Leben* (1) auf Erden nicht bekommen habe, könne sie später *drunten im Orkus* (griechische Unterwelt 2) keine Ruhe finden. Nun wird der Begriff vom reifen Gesang (I,2) variiert, es handelt sich dabei offensichtlich um *das Gedicht* (4), das dem lyrischen Ich so sehr *am Herzen* (4) liege, also sein innerstes Anliegen sei. Es wird sogar als *das Heilge* (3) bezeichnet, und damit als etwas ganz Besonderes betont – hier wohl nicht religiös gemeint. Denn in ‚heilig' steckt bei Hölderlin vor allem die Bedeutung ‚heil', ganz und gar vollkommen. Dieses Werk nun möchte das lyrische Ich, das wir hier mit Hölderlin gleichsetzen dürfen, vollenden, und dafür brauche es unbedingt noch zusätzliche Zeit.

III. Wenn das aber *gelungen* (II,4) sei, würde ihm die *Stille der Schattenwelt* (1), also der Tod, sogar *Willkommen* sein. Dann wäre das lyrische Ich *Zufrieden* (2), auch wenn sein *Saitenspiel* (vgl. Str. I,2 *Gesang*) dorthin nicht mitgenommen werden dürfe. Dann habe es doch *Einmal* (4, wieder betont durch großen Anfangsbuchstaben) *wie Götter* gelebt, (4, *Lebt* ist hier Konjunktiv Präteritum, also: ‚hätte ich gelebt'). Mehr aber brauche man überhaupt nicht. Das wird als ohne weiteres einsehbare Sentenz hingestellt, obwohl es doch offensichtlich nur für Künstler gilt.

Wie bei Oden üblich, ist hier alles sehr emphatisch und hyperbolisch dargestellt, sowohl in den Gedanken als auch in der Wortwahl. Für das *Gedicht,* das hier überhaupt für Dichtung steht, wird sogar der Begriff *das Heilge* (II,3/4) verwendet, neben dem schon in der ersten Str. vorkommenden *süßen / Spiele* (I,4) und der üblichen Metapher *Saitenspiel* (III,2). Diese knüpft direkt an die reale griechische Dichtung an, wo die Dichter ihre Gedichte sangen und sich selbst dazu auf einem Saiten-Instrument begleiteten. Dichtung wird hier bis zur Transzendenz überhöht. Die Befriedigung über ihr Gelingen wird umschrieben: dann hätte das lyrische Ich doch *Einmal /.. wie Götter* (III,4) gelebt – wieder eine Erhöhung in eine andere, nicht mehr menschliche Dimension.

Form: Das ganze Gedicht hat etwas Drängendes, die flehende Bitte an die Schicksalsgöttinnen wird sehr emotional formuliert. Das liegt schon an der Form der alkäischen Ode, die in den ersten beiden Zeilen erst an dritter Stelle einen Daktylus aufweist und mit den vorhergehenden beiden Jamben sozusagen einen Anlauf nimmt. Außerdem unterstützt die vielfache Überschreitung der Zeilengrenzen durch harte Enjambements und durch den Strophensprung (syntaktischer Fortgang) zwischen der II.und III. Strophe den vorwärtseilenden Lauf der Verse (Enjambements I,3/4; II,1/2, 3/4; III, 2/3, 3/4. Str.).Die Enjambements bilden in dieser Odenform immer glatte Fugungen, da die Hebung am Schluss der einen Zeile auf eine Senkung der folgenden stößt oder umgekehrt.

Die starke Emphase kann nur aus der Lebensgeschichte Hölderlins erklärt werden. Denn dass es ihm unmöglich war, das, was er als seine Hauptaufgabe im Leben sah, das Dichten, wirklich auszuüben, lag daran, dass ihm dafür wirklich die Zeit fehlte. Da er den erlernten Beruf des evangelischen Pfarrers nicht ausüben wollte, musste er sein Leben immer wieder als Hauslehrer fristen, oft bei unbegabten und lustlosen Kindern. In den jeweiligen Häusern hatte er dann eine Mittelstellung zwischen den Bedienten und der Herrschaft. So zog ihn der Großkaufmann Gontard in Frankfurt mitunter an die Tafel, wenn er sich mit seinem Hauslehrer groß tun wollte, der damals schon einen Namen als Dichter hatte – zu anderen Zeiten wieder wurde er von ihm so gedemütigt, dass er zuletzt voll Zorn das Haus verließ. Dadurch wurde die schöne Seelenfreundschaft zur Frau des Hauses getrennt, was beiden unendliche Qual bereitete.

Daher ist dieses Gedicht keine gelegentliche Bitte, sondern der tiefste Herzenswunsch eines noch nicht Dreißigjährigen, der sieht, dass er sein Lebensziel nicht erreichen wird. Deshalb redet er jetzt schon vom Tod, den er willig auf sich nehmen würde, wenn er seine eigentliche Lebensaufgabe, die vollkommene Dichtung, endlich erfüllt hätte.

Abbitte

Heilig Wesen! Gestört hab' ich die goldene
Götterruhe dir oft, und der geheimeren
Tiefern Schmerzen des Lebens
Hast du manche gelernt von mir.

O vergiß es, vergib! gleich dem Gewölke dort
Vor dem friedlichen Mond, geh' ich dahin, und du
Ruhst und glänzest in deiner
Schöne wieder, du süßes Licht!

Friedrich Hölderlin (1797)

Form:

Strophe: asklepiadëische Ode

Abbitte

Heilig **We**sen! Ge**stört hab'** ich die **gol**de**nè**	XxXxxXXxxXxX
Götter**ru**he dir **oft, und** der ge**hei**me**rèn**	XxXxxXXxxXxX
Tiefern **Schmer**zen des **Le**bens	XxXxxXx
Hast du **man**che ge**lernt** von **mir.**	XxXxxXxX

O ver**giß** es, ver**gib! gleich** dem Ge**wöl**ke **dort**
Vor dem **fried**lichen **Mond, geh'** ich da**hin,** und **du**
Ruhst und **glän**zest in **dei**ner
Schöne **wie**der, du **sü**ßes **Licht!**

Wie Klopstock hat auch Hölderlin aus seiner Verehrung der Antike horazische Oden, d.h. alkäische und asklepiadeische, geschaffen, aber im Gegensatz zu Klopstock sind seine Gedichte fast immer sehr persönlich. Sie sind oft an Personen seiner Umgebung, vor allem an seine geliebte Susette Gontard, von ihm Diotima genannt, gerichtet, die er als einen ganz besonderen Menschen sieht. Dies gilt auch für die hier behandelte asklepiadëische Ode.

I. Ein explizites lyrisches Ich redet hier eine Person an, die emphatisch als *Heilig Wesen* gepriesen wird, und es wird ihr hyperbolisch eine *goldene / Götterruhe* (1/2) als besondere Eigenschaft zugesprochen. Dabei bekommt aus metrischen Gründen das Wort ***goldenè*** zwei Hebungen und wird dadurch stark betont. Auch mit *Götterruhe* wird die Angeredete in eine transzendente Sphäre erhoben. Das Ich, hier in *mir* (4) am Ende der Zeile stehend, wird ebenfalls betont und gesteht, dass jene Person leider erst seinetwegen manche der *geheimeren / Tiefern Schmerzen des Lebens* (2/3) kennen gelernt habe. Wir erfahren daraus, dass die Gemeinschaft dieser beiden Menschen bisher also keinesfalls ungetrübt gewesen sein kann. Durch die Enjambements der ersten zur zweiten Zeile (wie der zweiten zur dritten) wird die Ode, die durch den Hebungsprall (XxXxxX'XxxXxX) in der Mitte der ersten beiden Zeilen immer wieder fast ins Stocken kommt, doch wieder eng zusammengebunden.

II. Für diese Trübungen wird nun dringend um Vergebung gebeten. Die Angeredete selbst wird als ein *süßes Licht* (4) mit dem *friedlichen Mond* (2) verglichen – der Mond hat allgemein als ein Freund der Menschen in der Dichtung des 18. Jahrhunderts eine große Rolle gespielt. Als solcher könne sie in Ruhe weiter glänzen. Das *du* (II,2) wird als am Ende der Zeile stehend stark betont, während das *ich* in der zweiten Zeile unbetont bleibt und ohnehin vorbei gleite, einer Wolke vergleichbar. Der Mond aber, als fester Bestandteil des nächtlichen Himmels, verbreite dann weiter sein schönes Licht. Dagegen ist die Wolke nichts Festes und werde bald verschwinden. Die verschiedene Wertigkeit der beiden Personen in diesem Gedicht tritt damit deutlich hervor.

Form: Durch den Hebungsprall der asklepiadëischen Ode nach der dritten Hebung drückt sich die Trauer des lyrischen Ich in starken Ausrufen aus: So werden *ge**stört*** und ***oft*** (I,1 und 2) besonders betont, am stärksten aber in II,1: Denn die Bitte: ***O** ver**giß** es, ver**gib**!* erhält durch die starke Aufgipfelung der beiden Imperative einen dringend flehenden Ton. In II,2 werden die Angeredete als stehen bleibend und das lyrische Ich als fort gehend einander gegenüber gestellt, wobei das *Licht* (II,4), das mit der Geliebten gleichgesetzt wird, zusätzlich mit Glanz, Schönheit und dem Adjektiv süß gepriesen wird, während das lyrische Ich keinerlei Attribute bekommt. Nur einmal, in dem letzten Wort der ersten Strophe, *mir*, ist das Ich betont, dort wird aber von den Schmerzen gesprochen, an denen das lyrische Ich sich die Schuld zuschreibt. Dabei wird den *ge**heim**er**èn*** / ***Tie**fern **Schmer**zen* (I,2/3) noch mehr Bedeutung verliehen, weil das ungewöhnliche Wort *ge**héi**mer**èn*** auch noch zerdehnt wird durch die metrisch notwendige Nebenhebung auf der letzten Silbe. Das kann hier sowohl ‚tief innerlich' als auch ‚geheimgehalten' bedeuten – beides sicherlich besonders quälend.
Das Du dagegen ist zweimal betont: in der zweiten Zeile der II. Strophe am Ende ebenso wie in ***dei**ner* (II,3), wo es durch das harte Enjambement (wegen der Trennung des Adjektivs vom zugehörigen Substantiv) noch besonders hervorgehoben wird.

Die starke Emphase der asklepiadëischen Ode unterstreicht die Dringlichkeit der *Abbitte,* hinter der man all die furchtbaren Schmerzen dieser platonischen Liebe hört, die schon ein Jahr später endgültig getrennt wurde, als Hölderlin die Unterdrückung im Hause Gontard nicht mehr aushielt und seine Stellung dort aufgab.

Sprich aus der Ferne

I. Sprich aus der Ferne
Heimliche Welt,
Die sich so gerne
Zu mir gesellt.

II. Wenn das Abendrot niedergesunken,
Keine freudige Farbe mehr spricht,
Und die Kränze stilleuchtender Funken
Die Nacht um die schattigte Stirne flicht:

III. Wehet der Sterne
Heiliger Sinn
Leis durch die Ferne
Bis zu mir hin.

IV. Wenn des Mondes still lindernde Tränen
Lösen der Nächte verborgenes Weh;
Dann wehet Friede. In goldenen Kähnen
Schiffen die Geister im himmlischen See.

V. Glänzender Lieder
Klingender Lauf
Ringelt sich nieder,
Wallet hinauf.

VI. Wenn der Mitternacht heiliges Grauen
Bang durch die dunklen Wälder hinschleicht,
Und die Büsche gar wundersam schauen,
Alles sich finster tiefsinnig bezeugt:

VII. Wandelt im Dunkeln
Freundliches Spiel,
Still Lichter funkeln
Schimmerndes Ziel.

VIII. Alles ist freundlich wohlwollend verbunden,
Bietet sich tröstend und traurend die Hand,
Sind durch die Nächte die Lichter gewunden,
Alles ist ewig im Innern verwandt.

IX. Sprich aus der Ferne
Heimliche Welt,
Die sich so gerne
Zu mir gesellt.

Clemens Brentano (1802)

Form:
Strophen: wechselnd zweihebige und vierhebige Strophen im Kreuzreim
Versart: in zweihebigen Strophen immer Hebung und zwei Senkungen (weibliche Kadenz, kein Auftakt); in vierhebigen Strophen freie Füllungen, freier Auftakt, Kadenz: wmwm

Dieses Gedicht überrascht zunächst durch seine Gestalt: denn es gibt zweierlei Vierzeiler im Wechsel, zweihebige, immer mit Doppelsenkung, und vierhebige mit freien Füllungen, beide haben den im Volkslied so häufigen Kreuzreim. Die Sprechsituation zeigt ein explizites lyrisches Ich, zuerst implizit in dem Imperativ der ersten Zeile, dann explizit im *mir* der vierten.

I. (2-hebig). Ein explizites lyrisches Ich wendet sich direkt im Imperativ an eine *Heimliche Welt* (2), die sehr weit weg sein muss (*aus der Ferne* 1). Im Widerspruch zu dieser großen Entfernung steht, dass diese *Welt*, wie gesagt wird, *so gerne* (3) mit dem lyrischen Ich zusammen sei. Wie das vonstatten geht, wird nicht näher erläutert. Das Adjektiv ‚heimlich' kann hier evtl. sowohl ‚geheime' als vielleicht auch ‚vertraute' Welt bedeuten (‚heimelig'). Es ist anzunehmen, dass beide Bedeutungen mitschwingen. Jedenfalls ist es eine besondere Welt, die aber vor allem dem lyrischen Ich vorbehalten ist.

II. (4-hebig). Von nun an beginnen drei Strophen (II, IV, VI) jeweils mit *Wenn*, dem ein meist implizites *dann* folgen muss. Das ‚*Wenn*' bedeutet jedes Mal ‚immer wenn'. Die zweite Strophe gibt eine Zeitbestimmung an, nach Sonnenuntergang, wenn der Abend bereits so weit fortgeschritten sei, dass man keine *freudige Farbe* (2, betont durch Alliteration) mehr sehe. Hervorgehoben wird das durch Synästhesie, denn diese *Farbe ... spricht* anscheinend tagsüber, unter anderem wohl auch zum lyrischen Ich. In der Zeit der Dämmerung gibt es keine Farben mehr, wohl aber Lichter, deshalb *flicht* die personifizierte *Nacht ... Kränze stilleuchtender Funken* um ihre *schattigte Stirne* (3/4). Es wird sich um ein Bild für die Sterne handeln, die langsam erscheinen und hier von der aktiven Nacht in Bewegung gesetzt werden. Die *Funken* selbst bleiben dabei still, was als akustisch ohne Laut aufgefasst werden könnte. Aktiv ist nur die *Nacht* selbst. Was daraus folgt, sehen wir erst in der nächsten zweihebigen Strophe.

III. (2-hebig). Noch im gleichen Satz, abhängig vom *Wenn* der Str. II und vom Doppelpunkt an deren Ende, erscheine dann immer ein *Heiliger Sinn ... der Sterne* (1/2). Wieso der heilig ist, wird nicht erklärt, es könnte damit eine besondere Wertigkeit, außerhalb des Gewöhnlichen, gemeint sein. Obwohl ‚Sinn' etwas rein Gedankliches ist, sei dieser *Sinn* wie ein leiser Wind durchaus fühlbar, er *wehet,* und erreiche so das lyrische Ich (*Bis zu mir hin* 4). Dabei begegnen wir wieder dem Begriff der *Ferne* (3), dem Ort der geheimen *Welt* aus der Str. I., die auf diese Weise eng verbunden wird mit der Welt der Sterne. Diese wurden schon in Str. II. als *Kränze* um die Stirne der Nacht benannt. Nun treten sie direkt mit dem lyrischen Ich in Verbindung, aber auf welche Weise dieses leise Wehen geschieht, wird nicht erklärt.

IV. (4-hebig). Zu den Sternen gesellt sich in der nächsten Strophe der personifizierte Mond, und zwar vergieße er *still lindernde Tränen* (1). Diese können anscheinend ein *verborgenes Weh* der *Nächte* (2) lösen. Vorausgesetzt wird also eine anscheinend immer vorhandene Wehmut der Nächte, die sich durch Tränen lindern ließe. Dass Tränen Leid vermindern können, ist eine bekannte Erfahrung, aber dass der Mond so innig mit den Nächten verbunden ist, dass seine Tränen bei ihnen diese Lösung hervorbringen können, ist ein neuartiger Gedanke. Als Ergebnis wird gesagt: *Dann wehet Friede* (3). Es wird wieder das Verb aus Str. III,1 benutzt, dort wehte auch ein abstrakter Begriff, der *heilige(-) Sinn* der Sterne, hier *wehet* der Friede, vielleicht ist auch das fühlbar? Angeschlossen wird ein neues schwer deutbares Bild: *Geister* sollen sich bewegen (sie *schiffen* 4) *In goldenen Kähnen /.... im himmlischen See* (3/4). Wir wissen weder, was das für *Geister* sind, noch, in welchen *Kähnen* sie sitzen und um was für einen *himmlischen See* es sich handelt. Jedenfalls ist es ein schönes, lichtvolles (wegen *goldenen*) und sehr ruhiges Geschehen, da Kähne auf dem Wasser wenig Geräusche machen.

V. (2-hebig). Diese Strophe, genau in der Mitte des Gedichts, birgt eine Fülle von Synästhesien: Akustisches, *Lieder,* wird mit Optischem verbunden, denn es gibt *Lieder,* die glänzen (Verbindung zu den goldenen Geister-Kähnen IV,4), und ihr *Klingender Lauf* (2) zeigt Bewegung, verbunden mit Klang. Diese Bewegung wird fortgesetzt, und zwar auch noch kreiselnd, sie *Ringelt sich nieder, / Wallet hinauf* (3/4). Hier ist die Bewegung in einer senkrechten Linie (*Ringel(n)*) von oben nach unten verbunden mit einer Bewegung (*Walle(n)*) von unten nach oben. Wallen geschieht immer wellenförmig und antwortet damit, allerdings in anderer Richtung, dem Kreiselnden in *Ringelt.* So werden verschiedenartige Bewegungen synästhetisch mit den Tönen der Lieder zusammen gebunden.

VI. (4-hebig). Dieser ausgesprochen hellen und heiteren Strophe folgt eine schwer deutbare, eher düstere: um *Mitternacht* gebe es ein *heiliges Grauen* (1), das zu diesem Zeitpunkt durch die realistisch *dunklen Wälder* schleiche (2). Während dieses *Grauen* als drohend angesehen werden kann, empfinde es selbst auch Bangigkeit (*Bang ... hinschleicht* 2). Die Heiligkeit des Grauens ist wohl nur eine gewisse Höherwertigkeit und hat mit dem traditionellen religiösen Allgemeinbegriff ‚heilig' nichts zu tun. Die Atmosphäre des Schauderns wird verstärkt durch das seltsame *schauen* (Personifikation) der *Büsche* (3), die also Augen haben müssen. Zusammengefasst wird das im letzten Vers: *Alles sich finster* (Verstärkung der Dunkelheit der *Wälder*), aber zugleich *tiefsinnig bezeugt* (4). Über die nähere Beschaffenheit von *Alles* bekommen wir keine Auskunft; *Wälder* und *Büsche* werden durch den finsteren Tiefsinn verbunden und sind damit ebenso personifiziert wie das schleichende *Grauen,* das aber zugleich als *heilig(-)* bezeichnet wird. Damit erreicht es eine quasi transzendente Dimension, vergleichbar dem *Sinn* der Sterne aus Str. III,2, der ebenfalls als heilig bezeichnet wird.

VII. (2-hebig). Die Düsternis wird jedoch wieder aufgelöst in der nächsten Strophe, auf die durch den Doppelpunkt (VI,4) hingewiesen wird. Denn *im Dunkeln* bewege sich ein *Freundliches Spiel* (1/2), wo nämlich *Lichter funkeln*, die ein *Schimmerndes Ziel* ‚seien'(3/4) – die letzte Zeile ist wahrscheinlich so zu ergänzen, syntaktisch fehlt das Verb (Ellipse). Für wen dies ein Ziel ist, wird nicht gesagt. Wie die *stilleuchtenden Funken* (Str. II) glänzen diese Lichter, die wir wohl wieder gleichsetzen dürfen mit Sternen, *still,* also ohne Laut und vielleicht auch ohne Bewegung.

VIII. (4-hebig). Nun erfolgt eine deutliche Zusammenfassung: *Alles ist ... verbunden*, und zwar *freundlich* (Wiederholung aus Str. VII,2) und *wohlwollend* (1). Dieser variierten Doppelung folgt ein durch Alliteration verbundener Gegensatz: Alles gibt sich nämlich die *Hand,* und zwar sowohl *tröstend* als auch zugleich *traurend* (2), wobei es überrascht, dass der Trost vor der Trauer steht, (vielleicht nur bedingt durch den dunkleren Laut des *au*?). Im nächsten Vers erscheint wieder der Gegensatz von Dunkel und Hell, der sich durch das ganze Gedicht zieht: *Sind durch die Nächte die Lichter gewunden* (3) – eine ähnlich kreisende Bewegung, wie sie im Flechten der Nacht (Str. II) und im Ringeln des Liederlaufs (Str. V) bereits vorkam. Als Fazit wird der letzte Vers als Sentenz gebracht: *Alles ist ewig im Innern verwandt.* Das Wort *ewig* und das zweimalige Auftreten des Begriffs *heilig* (III,2 und VI,1) heben das Gedicht in eine Art von transzendenter Sphäre, ohne direkt religiös zu sein.

IX. (2-hebig) Die Wiederaufnahme der ersten Strophe schließt das Gedicht ab und charakterisiert es damit vielleicht im Ganzen als das so erwünschte Gespräch mit der *heimlichen Welt.*

Schon in der ersten Interpretation zeigt sich ein ganzes Netz von wiederkehrenden Begriffen, die das Gedicht überziehen. Die *Ferne* (I,1) ist sowohl der Ort der heimlichen Welt als auch der der *Sterne* (III,3). Dazu kommt eine durchgehende Lichtmetaphorik: *Kränze stilleuchtender Funken* (II,3), *Sterne* (III,1), *goldene(–) Kähne* (IV,3), *glänzende(–) Lieder* (V,1), funkelnde *Lichter* und ein *Schimmerndes Ziel* (VII,3/4). Der Gegensatz Hell-Dunkel zeigt sich zwischen der Nacht mit ihrem Kranz aus Funken (II,3/4), den dunklen Wäldern (VI,2) und den Lichtern (VII,3). Außerdem sind noch emotionale Begriffe hinein geflochten: Die lösenden Tränen des Mondes als der Trost der Nächte (Str. IV) und das *sich tröstend und traurend die Hand* bietende *Alles* der Str. VIII. So ist die Sentenz von der überall herrschenden inneren Verwandtschaft von langer Hand vorbereitet.

Form: Alle zweihebigen Strophen (I, III, V, VII) sind vollkommen gleich gebaut, sie haben immer eine Doppelsenkung nach der ersten Hebung, Zeile 1 und 3 haben weibliche, 2 und 4 männliche Kadenz. Die vierhebigen Strophen (II, IV, VI, VIII) haben freie Füllungen und freien Auftakt (da nur II,4 Auftakt hat).Wie die zweihebigen Strophen haben Zeile 1 und 3 weibliche, Z. 2 und 4 männliche Kadenz. Die Strophe VIII ist die einzige, die nur Doppelsenkungen aufweist und dadurch als Endstrophe ganz regelmäßig ist. Sie schafft damit die Verbindung zu den zweihebigen Strophen. Es gibt viele ungewöhnliche Betonungen wie *stil**leuch**tende* (I,3), *still **lin**dernde* (IV,1), *tief**sin**nig* (VI,4), *wohl**wol**lend*

(VIII,1). In IV,3 steht *wehet* in der Senkung, wahrscheinlich um den wiegenden Rhythmus zu erhalten. Mit dem Satz von der ewigen – ein besonderer Begriff für endlose Dauer aus der religiösen Sphäre – Verwandtschaft von Allem mit Allem ist deutlich auf das Bestreben der romantischen Poetik verwiesen, keine Art von Trennung zuzulassen, auch nicht zwischen Gattungen wie Romanen und Gedichten zu unterscheiden, Romane mit Märchen zu durchmischen, Lieder und Gedichte als Fortsetzung oder Erklärung für Prosatexte zu benutzen. Damit wird versucht, alle Gegensätze aufzuheben bzw. in einem anderen Medium, z.B. der Musik, aufgehen zu lassen.

Die Musik als verbindendes Element aller Wortkünste spielt auch hier wie oft in romantischer Dichtung eine Rolle (V,1 *Lieder)*. Vielleicht ist ja das Gespräch, um das die *Heimliche Welt* gebeten wird, selbst ein Lied, wobei vor allem die zweihebigen Strophen sehr liedhaft klingen. Sie weisen immer doppelte Senkungen auf. So könnte man dieses Gedicht quasi als ein Programmgedicht für die Romantik auffassen.

Sprich aus der Ferne

I.	**Sprich** aus der **Fer**ne	XxxXx
	Heimliche **Welt,**	XxxX
	Die sich so **ger**ne	XxxXx
	Zu mir ge**sellt.**	XxxX
II.	**Wenn** das **A**bendrot **nie**derge**sun**ken,	XxXxxXxxXx
	Keine **freu**dige **Far**be mehr **spricht,**	XxXxxXxxX,
	Und die **Krän**ze still**leuch**tender **Fun**ken	XxXxxXxxXx
	Die **Nacht** um die **schat**tigte **Stir**ne **flicht:**	x XxxXxxXxX
III.	**Weh**et der **Ster**ne	
	Heiliger **Sinn**	
	Leis durch die **Fer**ne	
	Bis zu mir **hin.**	
IV.	**Wenn** des **Mon**des still **lin**dernde **Trä**nen	XxXxxXxxXx
	Lösen der **Näch**te ver**bor**genes **Weh;**	XxxXxxXxxX
	Dann wehet **Frie**de. In **gol**denen **Käh**nen	XxxXxxXxxXx
	Schiffen die **Geis**ter im **himm**lischen **See.**	XxxXxxXxxX
V.	**Glän**zender **Lie**der	
	Klingender **Lauf**	
	Ringelt sich **nie**der,	
	Wallet hin**auf.**	
VI.	**Wenn** der **Mit**ternacht **hei**liges **Grau**en	XxXxxXxxXx
	Bang durch die **dunk**len **Wäl**der hin**schleicht,**	XxxXxXxxX
	Und die **Bü**sche gar **wun**dersam **schau**en,	XxXxxXxxXx
	Alles sich **fin**ster tief**sin**nig be**zeugt:**	XxxXxxXxxX
VII.	**Wan**delt im **Dun**keln	
	Freundliches **Spiel,**	
	Still Lichter **fun**keln	
	Schimmerndes **Ziel.**	
VIII.	**Al**les ist **freund**lich wohl**wol**lend ver**bun**den,	XxxXxxXxxXx
	Bietet sich **trös**tend und **trau**rend die **Hand,**	XxxXxxXxxX
	Sind durch die **Näch**te die **Lich**ter ge**wun**den,	XxxXxxXxxXx
	Alles ist **e**wig im **In**nern ver**wandt.**	XxxXxxXxxX
IX.	**Sprich** aus der **Fer**ne	
	Heimliche **Welt,**	
	Die sich so **ger**ne	
	Zu mir ge**sellt.**	

Die zwei Gesellen

I. Es zogen zwei rüstge Gesellen
Zum erstenmal von Haus,
So jubelnd recht in die hellen,
Klingenden, singenden Wellen
Des vollen Frühlings hinaus.

II. Die strebten nach hohen Dingen,
Die wollten, trotz Lust und Schmerz,
Was Rechts in der Welt vollbringen,
Und wem sie vorüber gingen,
Dem lachten Sinnen und Herz.

III. Der erste, der fand ein Liebchen,
Die Schwieger kauft' Hof und Haus;
Der wiegte gar bald ein Bübchen,
Und sah aus heimlichem Stübchen
Behaglich ins Feld hinaus.

IV. Dem zweiten sangen und logen
Die tausend Stimmen im Grund,
Verlockend' Sirenen, und zogen
Ihn in der buhlenden Wogen
Farbig klingenden Schlund.

V. Und wie er auftaucht vom Schlunde,
Da war er müde und alt,
Sein Schifflein das lag im Grunde,
So still wars rings in die Runde,
Und über die Wasser wehts kalt.

VI. Es singen und klingen die Wellen
Des Frühlings wohl über mir;
Und seh ich so kecke Gesellen,
Die Tränen im Auge mir schwellen –
Ach Gott, führ uns liebreich zu Dir!

Joseph von Eichendorff (1818)

I.	Es **zo**gen zwei **rüst**ge Ge**sel**lèn	x XxxXxxXx̀	kl. K. (Xx̀)
	Zum **erst**en**mal** von **Haus,**	x XxXxX	st. K. (X–)
	So **ju**belnd **recht** in die **hel**lèn,	x XxXxxXx̀	
	Klingenden**,** **sin**genden **Wel**lèn	XxxXxxXx̀	
	Des **vol**len **Früh**lings hin**aus**.	x XxXxxX	
II.	Die **streb**ten nach **ho**hen **Din**gèn,	x XxxXxXx̀	
	Die **woll**ten, trotz **Lust** und **Schmerz,**	x XxxXxX	
	Was **Rechts** in der **Welt** voll**brin**gèn,	x XxxXxXx̀	
	Und **wem** sie vor**ü**ber **gin**gèn,	x XxxXxXx̀	
	Dem **lach**ten **Sin**nen und **Herz.**	x XxXxxX	
III.	Der **ers**te, der **fand** ein **Lieb**chèn,	x XxxXxXx̀	
	Die **Schwie**ger kauft' **Hof** und **Haus;**	x XxxXxX	
	Der **wieg**te gar **bald** ein **Büb**chèn,	x XxxXxXx̀	
	Und **sah** aus **heim**lichem **Stüb**chèn	x XxXxxXx̀	
	Be**hag**lich ins **Feld** hin**aus**.	x XxxXxX	
IV.	Dem **zwei**ten **san**gen und **lo**gèn	x XxXxxXx̀	
	Die **tau**send **Stim**men im **Grund,**	x XxXxxX	
	Ver**lo**ckend' Si**re**nen, und **zo**gèn	x XxxXxxXx̀	
	Ihn in der **buh**lenden **Wo**gèn	XxxXxxXx̀	
	Farbig **klin**genden **Schlund.**	XxXxxX	
V.	Und **wie** er **auf**taucht vom **Schlun**dè,	x XxXxxXx̀	
	Da **war** er **mü**de und **alt,**	x XxXxxX	
	Sein **Schiff**lein das **lag** im **Grun**dè,	x XxxXxXx̀	
	So **still** wars **rings** in die **Run**dè,	x XxXxxXx̀	
	Und **ü**ber die **Was**ser wehts **kalt.**	x XxxXxxX	
VI.	Es **sin**gen und **klin**gen die **Wel**lèn	x XxxXxxXx̀	
	Des **Früh**lings wohl **ü**ber **mir;**	x XxxXxxX	
	Und **seh** ich so **ke**cke **Gesel**lèn,	x XxxXxxXx̀	
	Die **Trä**nen im **Au**ge mir **schwel**lèn –	x XxxXxxXx̀	
	Ach **Gott,** führ uns **lieb**reich zu **Dir!**	x XxxXxxX	

Form:
Strophe: fünfzeiliges Strophenlied, gereimt abaab, klingende, a (Xx̀), und stumpfe, b (vierte Hebung pausiert) Kadenzen; Vierheber.
Versart: Vierheber mit freien Füllungen und freiem Auftakt.

Typisch für die Romantik ist hier die Vermischung von zwei Gattungen: der balladenhafte Bericht vom Auszug zweier junger Leute und die Besorgnis eines frommen lyrischen Ichs darüber, wie es denen und uns allen wohl nach diesem Leben ergehen werde, was nicht in die reine Erzählung einer Ballade passt.

I. Der balladenhafte Beginn berichtet, dass zwei *rüstge Gesellen* erstmals in die Welt reisen. *Gesellen* sind bei Eichendorff einfach ‚junge Leute', nicht begrenzt auf Handwerker. Hochpoetisch wird der Frühling mit *Klingenden, singenden Wellen* geschmückt, was schon eher an ein Lied als an eine Ballade denken lässt.

II. In der 2. Strophe erfahren wird, dass diese zwei nach *hohen Dingen* strebten, also etwas Außerordentliches leisten wollten, was man ihnen anscheinend auch zutraute, denn alle, die sie sahen, freuten sich über sie.

III. Nun trennen sie sich: Der *erste* fand bald ein gutes Unterkommen, das er sich allerdings nicht selbst erarbeitet hatte, denn die Schwiegermutter hatte ihm den Hof gekauft. Er war zufrieden und fühlte sich mit einem kleinen Sohn *behaglich* in seinem *heimliche(n) Stübchen.* Das könnte ja durchaus eine Lebenserfüllung bedeuten. Aber aus Eichendorff späterem Lied *Wem Gott will rechte Gunst erweisen* hören wir seine Meinung über bürgerliche Zufriedenheit: II. *Die Trägen, die zu Hause liegen/ Erquicket nicht das Morgenrot, / Sie wissen nur von Kinderwiegen, / Von Sorgen, Last und Not um Brot.* (1826). D.h. wegen *nur* gehört e i n s o l c h e s Heim gewiss nicht zu den *hohen Dingen,* die anfangs angestrebt wurden.

IV. Aber auch der andere hat diese Erwartung nicht erfüllt: er ließ sich von den *Sirenen* (antike todbringende Sagengestalten, die verführerisch singen) verlocken und in den schönen, weil *farbig klingenden Schlund* (5 Synästhesie) ziehen. Das muss der Rachen der Sinnlichkeit sein, die höchste Gefahr für einen frommen katholischen Christen, denn es sind die *buhlenden Wogen* (4)*,* die ihn verschlungen haben.

V. Für ihn wird auch noch eine dunkle Zukunft gezeichnet: Er tauchte zwar endlich, wohl nach langer Zeit, wieder auf, aber erst, als er *müde und alt* (2) war. Gänzlich märchenhaft wird berichtet, dass sein Schifflein – also wohl seine Lebensverwirklichung – *im Grunde* (3) des Sees geblieben sei, und um ihn herum alles grauenhaft *still* und *kalt* (4, 5) gewesen sei. Der Reim von *kalt* zu *alt* kann einen schaudern machen.

VI. Mit der 6. Strophe wird die Erzählung plötzlich in die Gegenwart eines expliziten lyrischen Ichs geholt: Jetzt *singen und klingen die Wellen / Des Frühlings* (1/2) über einem persönlichen Erzähler, dem aus Angst vor einer ungewissen Zukunft so junger Leute die *Thränen* (4) kommen und der sich nur noch bittend an Gott wenden kann, dass der *uns* alle doch auf *liebreich(e)* (5) Weise zu sich holen möge. Damit wird der balladenhafte Bericht, der Vergangenes erzählte, abrupt abgebrochen. Das lyrische Ich schließt sich selbst mit ein unter die Gefahr, das hohe Ziel des Lebens nicht zu erreichen, und damit das Himmelreich zu verlieren.

Die **Form** zeigt fünfzeilige volksliedartige Strophen in Vierhebern a b a a b – (kl, st, kl, kl, st), mit freien Füllungen, die sowohl einsilbige als auch zweisilbige Senkungen aufweisen, dazu freien Auftakt. Die ersten beiden Zeilen haben den Wechsel zwischen klingendem und stumpfem Schluss, wie ihn viele Volkslieder zeigen. Es folgen zwei klingende Verse, zuletzt wieder ein stumpfer, der auf die zweite Zeile reimt. Solche Fünfzeiler waren aus Volksliedern bekannt. Um dreisilbige Senkungen zu vermeiden, werden wie im Volkslied öfter Verkürzungen angebracht wie I,1 *rüstge,* III,2 *kauft'.*

Die Verbindung von balladenhafter, märchenhafter Erzählung und deutlichem Rückbezug auf das lyrische Ich zeigt auch in diesem Gedicht das Streben der Romantik, keinerlei Grenzen zwischen den Gattungen zuzulassen. Denn Eichendorff verbindet den unpersönlichen balladenhaften Bericht mit der persönlichen Bitte um Aufnahme in den Himmel.

Im Frühling

Hier lieg ich auf dem Frühlingshügel:
Die Wolke wird mein Flügel,
Ein Vogel fliegt mir voraus.
Ach, sag mir all-einzige Liebe,
Wo *du* bleibst, daß ich bei dir bliebe!
Doch du und die Lüfte, ihr habt kein Haus.

Der Sonnenblume gleich steht mein Gemüte offen,
Sehnend,
Sich dehnend
In Liebe und Hoffen.
Frühling, was bist du gewillt?
Wann werd ich gestillt?

Die Wolke seh ich wandeln und den Fluß,
Es dringt der Sonne goldner Kuß
Mir tief bis ins Geblüt hinein;
Die Augen, wunderbar berauschet,
Tun, als schliefen sie ein,
Nur noch das Ohr dem Ton der Biene lauschet.
Ich denke dies und denke das,
Ich sehne mich, und weiß nicht recht, nach was:
Halb ist es Lust, halb ist es Klage;
Mein Herz, o sage,
Was webst du für Erinnerung
In golden grüner Zweige Dämmerung?
– Alte unnennbare Tage!

Eduard Mörike (1828)

Eduard Mörike (1804–1875) *Im Frühling* Zwischen Romantik und Realismus

Eduard Mörike verfasste seine leichten, aber formal sehr freien und daher schwer einzuordnenden Gedichte schon in einer Zeit, als Goethe noch lebte und die Romantiker bereits dichteten.

I. (1–6) Hier erklärt ein explizites lyrisches Ich, dass es jetzt (Präsens) auf *dem Frühlingshügel* (1) liege, der wegen des bestimmten Artikels als bekannt vorausgesetzt wird. Das Ich stellt sich vor, sich in die Luft zu schwingen, denn eine *Wolke* werde ihm zum *Flügel* (2), und ein *Vogel* fliege ihm *voraus* (3). Jetzt wird ein abstrakter Begriff, die *Liebe*, direkt nach ihrem Ort (*du* im Original kursiv) gefragt, damit das Ich bei ihr sein könnte. Aber resignierend wird festgestellt, dass wie die *Lüfte* auch die Liebe *kein Haus* (6) habe. Damit wird alles wieder auf den Boden der Realität geholt.

II. (7–12) Im zweiten Abschnitt wird das eigene *Gemüte* mit einer *Sonnenblume* (7) verglichen, also mit einer ganz bestimmten Blume, die sich nach der Sonne dreht. Es dehne sich aus, hoffend und voller *Liebe* (10). (Dabei werden die Verse immer länger, auch sie dehnen sich aus). Und der *Frühling* (11) wird gebeten, zu sagen, wann dieses Sehnen des lyrischen Ichs endlich *gestillt* (12) werde – das Ich ist also fähig, auch mit dem Frühling direkt zu reden. Und vielleicht gibt es ja eine enge Verbindung zwischen dieser Jahreszeit und der Liebe – wie könnte sonst dem Frühling eine solche Frage gestellt werden?

III. (13–25) Nun werden Naturphänomene, *Wolke* und *Fluß* (13) gesehen, und zwar zur gleichen Zeit, obwohl die Wolke doch am Himmel, der Fluss aber unten sein muss. Der *goldne Kuß* der *Sonne* (14/15) berühre das Ich ganz tief innen. Das Sehen wird anscheinend ausgeschaltet, aber das Ich kann die Bienen noch hören; Denken und damit auch Sehnen geht aber weiter. Das Ich beurteilt psychologisch genau die Unbestimmtheit seiner Gefühle: *Halb ist es Lust, halb ist es Klage* (21) – im Ganzen sei es wohl doch nur *Erinnerung* (23). Aber wir werden wieder in die reale Gegenwart geholt mit dem leichten Schatten besonnter Zweige – eine wunderbare Formulierung: *in golden grüner Zweige Dämmerung* (24). Danach der abschließende Seufzer: *Alte unnennbare Tage!* Diese Erinnerungen sind also nicht in Worte zu fassen.

Romantische Gefühlsseligkeit wird hier mit ganz realen Beobachtungen durchmischt (*Sonnenblumen, Bienen, Fluß, Wolke*) und dabei werden die eigenen Gefühle auch genau beurteilt – alles zeigt, dass wir hier einen Dichter vor uns haben, der mit der Romantik aufgewachsen ist, aber Wirklichkeitsnähe mit in die Dichtung gebracht hat. Die märchenhaften Formeln von den *Sirenen* des Schlesiers Eichendorff kommen hier nicht mehr vor, doch es lebt in dem Ich soviel Sehnsucht, dass es sie hochpoetisch ausdrücken muss, in ganz neuartigen Versen: sehr kurze stehen neben sehr langen Versen, alternierende neben solchen mit doppelten Senkungen. Mit jedem neuen Gedanken und jedem neuen Bild erscheinen neue Hebungszahlen und andere Reimformen, es gibt Paarreime, Kreuzreime und umarmende. Die Vergangenheit ist nicht wie bei den Romantikern eine sagenhafte mittelalterliche Vergangenheit oder reines Wunschdenken, sondern die eigene persönliche, schöne, aber doch nicht in deutliche Worte fassbare Erinnerung.

Form: Das alles ist gefasst in frei gereimte Verse, mit wechselnden Hebungen, eine Hebung (8/9) bis zu sechs (7), viele mit vier (1, 5, 6, 14–16, 21, 23), drei mit fünf (13, 18, 20) und freien Füllungen neben rein alternierenden (1, 2, 5, 7, 13–16, 18–24) Versen. Es sind also weder Madrigalverse noch vierhebige Volksverse. Die Hebungen wechseln hier ebenso wie die Gedanken und die Erinnerungen und gehorchen keinerlei Regel.
Das entspricht vollkommen den schweifenden Gedanken des lyrischen Ichs, das einen sonnigen Tag im Grase liegend in vollen Zügen genießt und sich so innig nach Liebe sehnt. Die Umgebung ist dabei ziemlich realistisch geschildert, doch durchwebt von persönlichen Empfindungen und Gedanken, die in Bilder und poetische Ausdrücke geformt sind. Form und Inhalt sind hier untrennbar eins geworden.

Im Frühling	(Die kleinen Buchstaben bezeichnen die Reime.)	
Hier **lieg** ich **auf** dem **Früh**lings**hü**gel:	x XxXxXxXx	a
Die **Wol**ke **wird** mein **Flü**gel,	x XxXxXx	a
Ein **Vog**el **fliegt** mir vor**aus.**	x XxXxxX	b
Ach, **sag** mir all-**ein**zige **Lie**be,	x XxxXxxXx	c
Wo ***du*** **bleibst,** daß ich **bei** dir **blie**be!	x X XxxXxXx	c
Doch **du** und die **Lüf**te, ihr **habt** kein **Haus.**	x XxxXxxXxX	b
Der **Son**nen**blu**me **gleich** steht **mein** Ge**mü**te **of**fen,	x XxXxXxXxXxXx	d
Sehnend,	Xx	e
Sich **deh**nend	x Xx	e
In **Lie**be und **Hof**fen.	x XxxXx	d
Frühling, was **bist** du ge**willt?**	XxxXxxX	f
Wann **werd** ich ge**stillt?**	x XxxX	f
Die **Wol**ke **seh** ich **wan**deln **und** den **Fluß**,	x XxXxXxXxX	g
Es **dringt** der **Son**ne **gold**ner **Kuß**	x XxXxXxX	g
Mir **tief** bis **ins** Ge**blüt** hin**ein;**	x XxXxXxX	h
Die **Au**gen, **wun**der**bar** be**rau**schet,	x XxXxXxXx	i
Tun, als **schlie**fen sie **ein,**	XxXxxX	h
Nur **noch** das **Ohr** dem **Ton** der **Bie**ne **lau**schet.	x XxXxXxXxXx	i
Ich **den**ke **dies** und **den**ke **das,**	x XxXxXxX	k
Ich **seh**ne **mich,** und **weiß** nicht **recht,** nach **was:**	x XxXxXxXxX	k
Halb **ist** es **Lust,** halb **ist** es **Kla**ge;	x XxXxXxXx	l
Mein **Herz,** o **sa**ge,	x XxXx	l
Was **webst** du **für** Er**in**ner**ung**	x XxXxXxX	m
In **gol**den **grü**ner **Zwei**ge **Däm**mer**ung?**	x XxXxXxXxX	m
– **Al**te un**nenn**bare **Ta**ge!	XxxXxxXx	l

Buch der Lieder

XXV. Die Linde blühte, die Nachtigall sang,
Die Sonne lachte mit freundlicher Lust;
Da küsstest du mich, und dein Arm mich umschlang,
Da presstest du mich an die schwellende Brust.

Die Blätter fielen, der Rabe schrie hohl,
Die Sonne grüßte verdrossenen Blicks;
Da sagten wir frostig einander: „Lebwohl!“
Da knickstest du höflich den höflichsten Knicks.

L,2 I. Sie saßen und tranken am Teetisch,
Und sprachen von Liebe viel.
Die Herren die waren ästhetisch,
Die Damen von zartem Gefühl.

II. Die Liebe muß sein platonisch,
Der dürre Hofrat sprach.
Die Hofrätin lächelt ironisch,
Und dennoch seufzet sie: Ach!

III. Der Domherr öffnet den Mund weit:
Die Liebe sei nicht zu roh,
Sie schadet sonst der Gesundheit.
Das Fräulein lispelt: Wie so?

IV. Die Gräfin spricht wehmütig:
Die Liebe ist eine Passion!
Und präsentieret gütig
Die Tasse dem Herrn Baron.

V. Am Tische war noch ein Plätzchen;
Mein Liebchen, da hast du gefehlt.
Du hättest so hübsch, mein Schätzchen,
Von deiner Liebe erzählt.

Heinrich Heine (1823)

Aus der Sammlung „Tragödien, nebst einem lyrischen Intermezzo“, XXV und L,2

Heinrich Heine (1797–1856), Aus dem *Buch der Lieder* — Gegen Romantik

Heine wurde und wird oft für einen Romantiker gehalten. Die beiden hier gegebenen Gedichte (beide aus dem Buch der Lieder) zeigen, dass er nicht in jene Literatur-Epoche passt, obwohl er schon zur gleichen Zeit dichtete wie Brentano und Eichendorff.

XXV. I. Der Beginn dieses Gedichts ist rein romantisch: *Linde* und *Nachtigall* (1) sind oft gebrauchte romantische Motive. Aber die nächste Zeile bringt einen neuen Ton, denn *Die Sonne lachte mit freundlicher Lust* (2). Und jetzt wird es ganz realistisch, und obendrein überraschend, denn aus den übrigen Gedichten ist anzunehmen, dass das *du* (3) hier weiblich ist, also küsste das Mädchen den Mann – in dieser Zeit (frühes 19. Jh.) ungewöhnlich. Deutlich wird das in der nächsten Zeile: *Da presstest du mich an die schwellende Brust* (4) – soviel offene Sexualität ist damals literarisch eigentlich ganz unmöglich!

II. Die nächste Strophe hat einen gänzlich anderen Ton: Da ist es Herbst mit fallenden Blättern und statt der Nachtigall ist ein *hohl* (1) schreiender *Rabe* zu hören. Jetzt hat die *Sonne* (ebenfalls im zweiten Vers wie in der ersten Strophe) einen *verdrossenen* (2) Blick – wie eine alte Tante. Die beiden in der ersten Strophe so sehr Verliebten sagen sich dementsprechend nun *frostig ... Lebwohl* (3), aber die Form wird gewahrt mit dem *höflichsten Knicks* (4), vorher bereits das gleiche Wort, damit stark betont.

Wir finden hier eine Mischung von romantischen Formeln, Sexualität und platter Konventionalität. So etwas kommt immer wieder vor in Heines *Buch der Lieder* von 1824. Die Romantik des Gedichtanfangs wird damit hart zerschlagen, aber die Konvention bügelt äußerlich alles wieder aus.

L,2 In der letzten Folge der hier jeweils mit römischen Zahlen überschriebenen Gedichte ist das zweite noch deutlicher von Ironie bestimmt: *Sie saßen und tranken am Teetìsch / Und sprachen von Liebe viel* (I 1/2) xXxxXxxXx̀ / xXxxXxX).

Auf den durchaus realistischen Teetisch reimt hier ästhetisch, was wunderbar zu der offensichtlich höchst gebildeten Unterhaltung passt, an der ein Hofrat mit seiner Gemahlin (II), dazu eine Gräfin (IV), ein Baron (IV) und ein Domherr (III) teilnehmen, es ist also durchaus eine Gesellschaft der höheren Kreise. Auf *platonisch* reimt sich in der nächsten Strophe *ironisch*, so lächelt nämlich die Hofrätin (II), während ein ahnungsloses *Fräulein lispelt* (III), (man hört fast das gelispelte s!!)

Die Antiquiertheit der Unterhaltung wird zusätzlich unterstrichen durch die in der Umgangssprache und in der Poesie schon lange abgeschafften Endsilben -e-, z.B. bei *seufzet* (II,4) und *präsentieret* (IV,3). Es sei dort auch noch ein *Plätzchen* für mein *Schätzchen* gewesen (V, dies wieder ganz alltagssprachlich), da hätte sie *so hübsch* (V,3) erzählen können von ihrer (*deiner* 4) *Liebe* – diese war aber in den Gedichten zuvor immer wieder als nicht vorhanden oder auch nicht echt geschmäht worden.

Form: Beide Gedichte haben volksmäßige Vierheber mit freien Füllungen; XXV. mit lauter männlich-vollen Kadenzen im Kreuzreim, L,2 hat die noch häufigere Folge klingend/stumpf im Kreuzreim (Nibelungenzeile). Dadurch setzen beide Gedichte formal die romantische Dichtung fort.

Zwischen Versen mit vielen doppelten Senkungen finden sich im zweiten Gedicht auch viele rein alternierende Zeilen, was ebenfalls in Volksliedern vorkommt. Die ironischen Reime aber, wenn sich z.B. *Mund weit* auf *Gesundheit* reimt oder in *wehmütig* eine deutliche Tonbeugung erscheint, sind Heines Neuschöpfung.

Solche Reime zur Ironisierung vorgetäuschter Gefühle unter Beibehaltung romantischer Motive (wie in XXV,I) haben alle formbewussten Dichter, besonders aber Satiriker bis heute entzückt. Es ist wichtig zu berücksichtigen, dass diese Gedichte bereits zwischen 1822 und 1824 entstanden sind, als die Romantik mit Arnim, Brentano und Eichendorff noch blühte. Wohl nur Heine hat die Diskrepanz gesehen, die in der Realität zwischen Technisierung und Ökonomisierung und den romantisierenden Formeln der Dichtung bestand. Das hat bei ihm zur Ironisierung geführt.

Ob allerdings das *Buch der Lieder*, in dem diese Gedichte standen, in seiner Gegnerschaft zur Romantik damals wirklich erkannt wurde, ist fraglich. Hätte es sonst wohl so viele Auflagen gehabt? Übrigens gilt im Französischen und im Russischen Heine, der leicht zu übersetzen ist und auch oft übertragen wurde, als d e r deutsche Romantiker, obwohl es nur wenige ganz rein romantische Gedichte von ihm gibt.

Buch der Lieder

XXV.	Die **Lin**de **blüh**te, die **Nach**tigall **sang,**	xXxXxxXxxX	(Vierheber, alle Kadenzen männlich voll)	
	Die **Son**ne **lach**te mit **freund**licher **Lust;**	xXxXxxXxxX	Kreuzreim	
	Da **küss**test du **mich,** und dein **Arm** mich um**schlang,**	xXxxXxxXxxX		
	Da **press**test du **mich** an die **schwell**ende **Brust.**	xXxxXxxXxxX		
L,2	**I.** Sie **sa**ßen und **tran**ken am **Tee**tìsch,	xXxxXxxXx̀	Vierheber,	klingend
	Und **spra**chen von **Lie**be **viel**.	xXxxXxX		stumpf
	Die **Her**ren die **wa**ren äs**the**tìsch,	xXxxXxxXx̀		kl
	Die **Da**men von **zar**tem Ge**fühl**.	xXxxXxxX		st

Sommerbild

Ich sah des Sommers letzte Rose stehn,
Sie war, als ob sie bluten könne, rot;
Da sprach ich schauernd im Vorübergehn:
„So weit im Leben, ist zu nah am Tod!“

Es regte sich kein Hauch am heißen Tag,
Nur leise strich ein weißer Schmetterling;
Doch, ob auch kaum die Luft sein Flugelschlag
Bewegte, sie empfand es und verging.

Friedrich Hebbel (1848)

Form:
Strophe: Vierzeiler im Kreuzreim
Versart: fünfhebiger Jambus, Kadenzen männlich

Sommerbild

Ich **sah** des **Som**mers **letz**te **Ro**se **stehn**,
Sie **war**, als **ob** sie **blu**ten **kön**ne, **rot**;
Da **sprach** ich **schau**ernd **im** Vor**ü**ber**gehn**:
„So **weit** im **Le**ben, **ist** zu **nah** am **Tod**!“

Es **reg**te **sich** kein **Hauch** am **hei**ßen **Tag**,
Nur **lei**se **strich** ein **wei**ßer **Schmet**ter**ling**;
Doch, **ob** auch **kaum** die **Luft** sein **Flü**gel**schlag**
Be**weg**te, **sie** em**pfand** es **und** ver**ging**.

Der Dramatiker Hebbel hat auch immer wieder Lyrisches geschaffen, in dem sich Naturbilder mit allgemeinen Wahrheiten verbinden.

I. In diesem Gedicht berichtet ein explizites lyrisches Ich, einmal habe es die letzte Rose des Sommers gesehen, die rot wie Blut gewesen sei. Der Gedanke, der das lyrische Ich damals voll Grauen überkam, war: Diese Rose sei deutlich an ihrem absoluten Höhepunkt und deshalb auch schon am Ende ihres ‚Lebens', sodass ihr das Vergehen – der Tod – unübersehbar drohte. Damit wird, ebenso wie mit dem Blutvergleich, die Blume vollkommen einem Lebewesen gleich gemacht (personifiziert).

II. In der zweiten Strophe wird zunächst von der großen Hitze des Tages gesprochen, in der jeder Luftzug gefehlt habe. Daher bestand also eigentlich keine Gefahr für die so sehr weit aufgeblühte Blume. Doch ein weißer Schmetterling (weiß, also farblos im Gegensatz zur roten Rose, in manchen Kulturen auch Farbe der Trauer) sei vorbei geflogen, und dessen sehr leisen Flügelschlag habe die Rose empfunden. Auch diese Personifikation bringt sie in den Kreis der Menschen. Dadurch habe sie ihre Blätter verloren – sei also ‚gestorben', wie in Str. I. gefürchtet.

Die **Form** ist ganz traditionell: fünfhebige Jamben im Kreuzreim mit männlicher Kadenz. Neben reinem Zeilenstil gibt es ein hartes Enjambement nur in Strophe II., und zwar genau dort (II, 3/4), wo Bewegung eintritt, auf die damit noch besonders hingewiesen wird.

Hebbel gehört in die Epoche des poetischen Realismus. Hier sieht man aber deutlich, wie wenig ‚realistisch' dieser Dichter ist: Denn wohl kaum hat je ein Mensch wirklich erlebt, dass diese drei Momente zusammen trafen: eine voll erblühte, dunkelrote Rose, die ihre Blütenblätter genau in dem Augenblick verlor, als ein Schmetterling vorbei flog.

Das Wort, das in dieser Schilderung eines Sommertags überrascht, ist das Wort ‚Tod', denn die knappe Schilderung eines heißen und windstillen Tags ist doch sehr überzeugend. Aber wie gehört der Tod in den Sommer?

Wir begegnen ihm immer wieder in der Lyrik dieser Epoche (vgl. Keller, *Abendlied*). Während Klassik und Romantik beide fest mit einem Weiterleben nach dem Tode rechnen: die Klassik durch die Werke der Künstler, die Romantik wegen der christlichen Verheißung, wollen die Dichter des Poetischen Realismus davon nichts mehr wissen. Beide Vorstellungen gehören für sie nicht zur Wirklichkeit, sondern zum Idealismus, und sie sind fest davon überzeugt, dass das Leben mit dem Tode endgültig aus ist. Andererseits gehöre aber der Tod unbedingt zum Leben dazu, und das Leben und die Schönheit der Welt seien auf jeden Fall immer wieder zu preisen, solange es nur möglich sei. Daher ist der Tod ein immer wiederkehrendes Motiv auch in der Lyrik jener Epoche, in diesem Gedicht sogar im Sommer, der doch sonst eine Zeit der frohen Reife und Erfüllung und nicht des Endes ist.

Wie wenig ‚realistisch' diese Dichter sind, hat die genaue Betrachtung des Gedichts von Hebbel gezeigt. Daher sollte man diese Epoche in der Lyrik weder ‚Bürgerlichen Realismus' nennen – denn dieses Gedicht hat nichts mit Bürgerlichkeit zu tun –, noch einfach ‚Realismus', sondern eben ‚Poetischen Realismus'. Denn alle die hierunter versammelten Dichter, Storm, Keller, Fontane und C.F. Meyer, bemühten sich vor allem darum, das, was sie sahen und empfanden, möglichst schön und poetisch darzustellen. Sie wollen jedenfalls in ihrer Lyrik die Welt verklären und nicht vor allem realistisch sein.

Der römische Brunnen

Auf steigt der Strahl und fallend gießt
Er voll der Marmorschale Rund,
Die, sich verschleiernd, überfließt
In einer zweiten Schale Grund;
Die zweite gibt, sie wird zu reich,
Der dritten wallend ihre Flut,
Und jede nimmt und gibt zugleich
Und strömt und ruht.

Conrad Ferdinand Meyer (1869)

Römische Fontäne

Borghese

Zwei Becken, eins das andre übersteigend
aus einem alten runden Marmorrand,
und aus dem oberen Wasser leis sich neigend
zum Wasser, welches unten wartend stand,

dem leise redenden entgegenschweigend,
und heimlich, gleichsam in der hohlen Hand
ihm Himmel hinter Grün und Dunkel zeigend
wie einen unbekannten Gegenstand;

sich selber ruhig in der schönen Schale
verbreitend ohne Heimweh, Kreis aus Kreis,
nur manchmal träumerisch und tropfenweis

sich niederlassend an den Moosbehängen
zum letzten Spiegel, der sein Becken leis
von unten lächeln macht mit Übergängen.

Rainer Maria Rilke (1906)

Form:
Versart: vierhebige Jamben
mit männlichen Kadenzen
in zwei Kreuzreimen.

Form:
Strophe: Sonett
Versart: fünfhebige Jamben,
Kadenz weiblich und männlich,
eine Waise.

Der römische Brunnen

Auf steigt der **Strahl** und **fal**lend **gießt**
Er **voll** der **Mar**mor**scha**le **Rund**,
Die, **sich** ver**schlei**ernd, über**fließt**
In **ei**ner **zwei**ten **Scha**le **Grund**;
Die **zwei**te **gibt**, sie **wird** zu **reich**,
Der **drit**ten **wal**lend **ih**re **Flut**,
Und **je**de **nimmt** und **gibt** zu**gleich**
Und **strömt** und **ruht**.

In diesem Gedicht wird von einem unpersönlichen Sprecher vordergründig nur die Gestalt eines Brunnens gegeben. Wir hören von drei runden Schalen aus einem kostbaren Material (*Marmorschale* 2).

Der betonte Auftakt in ***Auf steigt** der **Strahl*** (*Auf steigt* im Original getrennt gedruckt) lässt uns dem hoch springenden Wasser direkt mit den Augen folgen. In der gleichen Zeile noch wird das Niederfallen genannt, wodurch die *Marmorschale* (2) gefüllt wird, aus deren Mitte der Strahl entspringt. Die Schale wird nun voll, und das Wasser fließt über den Rand bis auf den *Grund* einer zweiten Schale (4, das herabströmende Wasser fällt zunächst hinunter bis auf den Boden der zweiten, etwas größeren Schale). Dadurch scheint der Rand der oberen Schale sich zu verschleiern, was sehr genau die zarte und doch zusammenhängende Menge des über den Brunnenrand herunterfallenden Wassers bezeichnet.

Die zweite Schale wird nun übervoll, deshalb *zu reich* (5). Daher gibt sie ihre *Flut* (6), also den überflüssigen Wasserinhalt der Schale, weiter an die dritte ab. Verstärkt wird dieses Geben durch ein neues Verb, das ausdrücklich an Bewegung von Flüssigkeit gebunden ist: *wallend* (6). Das Tempus in diesem Gedicht ist durchgehend das Präsens, denn dieser Vorgang dauert an, und zwar geschieht immer alles *zugleich* (7), dem tragen auch die Präsens-Partizipien Rechnung. Dies spricht aber nicht für die Unmittelbarkeit einer Beobachtung, vielmehr für ein immerwährendes Geschehen.

Das Nehmen und Geben wird zum aktiven Handeln der personifizierten Schalen: *Und jede nimmt und gibt zugleich* (7) – das wird parallel gesetzt mit der Bewegung innerhalb der Schalen, die trotzdem in einer gewissen Ruhe bleiben, da das Überströmen ganz sachte geschieht. Dadurch wird der Text sehr konkret.

Einmalig und in seiner Wirkung nur beim lauten Lesen voll zu erfassen ist die Form der letzten beiden Zeilen: Zunächst haben wir den immer wiederkehrenden jambischen Vierheber, die 7. Zeile endet mit dem wichtigen Wort *zugleich*, dann jedoch folgt ein Zweiheber, der aber nach jedem Verb eine Pause verlangt, da die Hörerwartung ja auf den Vierheber gepolt ist: *Und strömt   und ruht* (xX ʌ xX ʌ). Diese Zeile ist im Original eingerückt. Damit erfährt das letzte Wort *ruht,* mit dem das Gedicht ausklingt, eine besonders starke Betonung.

Form: vierhebige Jamben mit männlichen Kadenzen. Die glatte Fugung der Verse, die sich ergibt aus einsilbigem Versschluss, dann Versbeginn mit Auftakt, unterstützt den syntaktischen Zusammenhang der Sätze, denn das ganze 8-zeilige Gedicht besteht aus einem einzigen Satz – so, wie auch der Brunnen zwar drei Schalen hat, aber doch e i n Gegenstand ist. Das in sich ruhende Wesen des Springbrunnens trotz des hoch aufsteigenden Strahls wird deutlich gemacht durch die drei präsentischen Partizipien, Z. 1 *fallend*, Z. 3 *sich verschleiernd* und Z. 6 *wallend,* die zwar alle Bewegung bedeuten, aber doch eine andauernde, keine plötzlich einsetzende.

In der präzisen Schilderung des dreischaligen Brunnens ist außerdem verborgen eine Symbolik, ein Ideal des Lebens: auch ein erfülltes Mensch-Sein kann nur im Nehmen und gleichzeitigen Weitergeben bestehen, dann wird es die für C.F. Meyer so wichtige Harmonie aufweisen, die sich hier sowohl im Inhalt als auch in der ruhigen alternierenden Form zeigt, und die das Gedicht zu einem Höhepunkt der deutschen Dichtung macht.

Es könnte sich bei der römischen Fontäne Rilkes um den gleichen Brunnen wie bei C.F. Meyer handeln, da man aus erhaltenen Briefen annimmt, dass auch das Gedicht Meyers sich auf einen der beiden Springbrunnen in der Villa Borghese bezieht.

Wir haben es hier mit einem Sonett zu tun, mit einem metrisch traditionellen in fünfhebigen Jamben, die allerdings in der ganz strengen Form sonst immer weiblich enden (nur dann ergibt sich der vorgeschriebene Endecasillabo = Elfsilbler). Wie öfter bei Rilke ist das Reimschema neuartig: Wir finden abab abab x cc dcd; in den Quartetten also Kreuzreim statt meist ein umarmender Reim, dann eine Waise und einen Paarreim vor dem zweiten Terzett – ein ganz unkonventionelles Reim-Schema. Jedoch liegt allein in der Sonettform schon ein bestimmter ästhetischer Anspruch.

I. und II. Quartett: Der unpersönliche Sprecher benennt zunächst *Zwei Becken,* eines über dem andern, und aufsteigend *aus einem alten runden Marmorrand* – das ist dann das dritte, unterste Becken. Wie im Gedicht von C.F. Meyer gibt es Personifikationen: Das obere Wasser neige sich dem unteren Wasser zu. Die Wasser sind offensichtlich beseelt, denn das untere zweite Wasser *stand wartend* (4), und es schweige dem oberen ***leise redendèn*** (erg. Wasser 5) entgegen. In dem Wort ***redendèn*** liegt (wegen der durchgehenden Alternation) eine Zerdehnung vor, was es noch betont. ‚Reden' könnte das leise Plätschern ausdrücken, das vom Fallen des Wasserstrahles herrührt.

Außerdem zeige das untere Wasser dem oberen etwas. Warum dies *heimlich, gleichsam in der hohlen Hand* (6) geschieht, geht aus dem Text nicht hervor, die *hohle Hand* formt allerdings ein rundes Becken nach. Es könnte gemeint sein, dass eine Spiegelung nur undeutlich zu sehen ist, denn hinter *Grün und Dunkel* (7) zeige es ihm ein Stück *Himmel* (7). Dieser Brunnen nun ist tatsächlich von hohen dunklen Bäumen umgeben. Das heißt wohl, dass die Bäume und der Himmel sich im Wasser des zweiten Beckens spiegeln. Sehr seltsam wird nun gesagt, dass das Wasser diesen Himmel zeige *wie einen unbekannten Gegenstand* (8). Dies könnte so verstanden werden, dass er besonders demonstrativ hingehalten wird, eben *wie* etwas ganz Unbekanntes. Die h-Alliteration von ***h**eimlich, der **h**ohlen **H**and* und *dem **H**immel **h**inter* verbindet alle diese Worte mit einem geheimnisvollen Ton.

Beide Quartette bestehen syntaktisch aus einem einzigen Satz, der erst zwischen Z. 8 und 9 durch ein Semikolon unterbrochen wird – auch hier, wie bei C.F. Meyer, geht ein Satz über das ganze Gedicht. Vergleichbar sind auch die vielen Präsens-Partizipien, die das Andauernde anzeigen – hier in 14 Zeilen achtmal, Z.5 sogar zweimal in einer Zeile. Allerdings gibt es in Z.4 eine Präteritalform, die die durchgehende Präsenshaltung unterbricht – es könnte dies damit begründet sein, dass das untere Wasser schon früher da war, eben dort *stand* (I,4).

I. und II. Terzett: Das Subjekt bleibt im ersten Terzett das gleiche wie im II. Quartett, nämlich das Wasser in dem zweiten Becken, welches jetzt als eine *schöne Schale* (9) alliterierend gepriesen wird. Dieses Wort bleibt ohne Reim und ist dadurch besonders hervorgehoben – eine solche Waise (reimlose Zeile) ist in Sonetten ganz außergewöhnlich.

In der Schale verbreite sich das Wasser nun *Kreis aus Kreis* (10), also ganz realistisch Ringe bildend, die von den herab fallenden Wassertropfen herrühren. Der Begriff *ohne Heimweh* (10) bleibt allerdings ziemlich rätselhaft, vielleicht einfach eine angenehme Situation benennend, da das Wasser keinerlei Schmerz über die Trennung vom oberen Becken verspüre. Die totale Personifikation wird fortgesetzt mit *träumerisch,* näher erklärt durch *tropfenweis* (11) (Alliteration), also sehr sachte. Dem Text zufolge ist das zweite Becken schon ganz mit Moos bewachsen, an dem die Tropfen herunter gleiten in die dritte Schale: *zum letzten Spiegel, der sein Becken leis / von unten lächeln macht mit Übergängen* (13/14). Wie stark die Vermenschlichung hier ist, zeigt vor allem das Lächeln des (Wasser-)beckens. ‚Übergänge' kommen als Wort häufiger bei Rilke vor und sind immer besonders bedeutsam, allerdings meist wie hier unerklärbar.

Rilke erwähnt keinen aufsteigenden Strahl, der doch unbedingt zu einer Fontäne gehört – es kam ihm wohl vor allen Dingen auf die Verinnerlichung und Beseelung des Wassers an, außerdem ist am späten Nachmittag evtl. der Strahl nur noch sehr schwach aufsteigend.

Vergleich

Beide Gedichte könnte man als „Dinggedichte“ bezeichnen, denn es handelt sich jedes Mal um reale Gegenstände, ohne subjektive Stimmungsübertragung. Dieser Terminus wurde erstmals für Rilke-Gedichte gebraucht, er kann aber auch für das Gedicht von C. F. Meyer benutzt werden, da in beiden Brunnen- Gedichten allein ein schöner Gegenstand behandelt wird, ohne dass ein lyrisches Ich sich bemerkbar machte.

C.F. Meyer in der Epoche des poetischen Realismus zeigt uns sehr klar die Gestalt des Brunnens, hinter dem Bildhaften spüren wir jedoch das Gesetzmäßige (Geben und Nehmen, Strömen und Ruhen) und damit das Symbolische im Gegenstand, das auch für jedes Menschenleben gilt.

Bei Rilke, den man dem Ästhetizismus zurechnet, wird das Bildhafte fast überspielt durch die starke Betonung der Beseelung des Wassers – diesem Dichter kam es bei seinen Dinggedichten immer vor allem darauf an, das innerste Wesen der Dinge herauszuarbeiten. In diesem Gedicht liegt die Betonung wohl auf dem Innig-Lebendigen des Wassers, das innerhalb des Brunnens erfahrbar wird.

Römische Fontäne

Zwei **Be**cken, **eins** das **and**re **ü**ber**stei**gend	xXxXxXxXx
aus **ei**nem **al**ten **run**den **Mar**mor**rand**,	xXxXxXxX
und **aus** dem **o**beren **Was**ser **leis** sich **nei**gend	xXxXxxXxXxXx
zum **Was**ser, **wel**ches **un**ten **war**tend **stand**,	xXxXxXxX
dem **lei**se **re**dendèn ent**ge**gen**schwei**gend,	xXxXxXxXx
und **heim**lich, **gleich**sam **in** der **hoh**len **Hand**	xXxXxXxX
ihm **Him**mel **hin**ter **Grün** und **Dun**kel **zei**gend	xXxXxXxXx
wie **ei**nen **un**be**kann**ten **Ge**gen**stand**;	xXxXxXxX
sich **sel**ber **ru**hig **in** der **schö**nen **Scha**le	xXxXxXxXx
ver**brei**tend **oh**ne **Heim**weh, **Kreis** aus **Kreis**,	xXxXxXxX
nur **manch**mal **träu**mer**isch** und **trop**fen**weis**	xXxXxXxX
sich **nie**der**las**send **an** den **Moos**be**hän**gen	xXxXxXxXx
zum **letz**ten **Spie**gel, **der** sein **Be**cken **leis**	xXxXxXxX
von **un**ten **lä**cheln **macht** mit Über**gän**gen.	xXxXxXxXx

I.
Rote Dächer!
Aus den Schornsteinen, hier und da, Rauch,
oben, hoch, in sonniger Luft, ab und zu, Tauben.
Es ist Nachmittag.
Aus Mohdrickers Garten her gackert eine Henne,
die ganze Stadt riecht nach Kaffee.

II.
Ich bin ein kleiner, achtjähriger Junge
Und liege, das Kinn in beide Fäuste,
platt auf dem Bauch
und kucke durch die Bodenluke.
Unter mir, steil, der Hof,
hinter mir, weggeworfen, ein Buch.
Franz Hoffmann. Die Sclavenjäger.

III.
Wie still das ist!

IV.
Nur drüben in Knorrs Regenrinne
Zwei Spatzen, die sich um einen Strohhalm zanken,
ein Mann, der sägt,
und dazwischen, deutlich von der Kirche her,
in kurzen Pausen, regelmässig hämmernd,
der Kupferschmied Thiel.

V.
Wenn ich unten runtersehe,
sehe ich grade auf Mutters Blumenbrett:
ein Topf Goldlack, zwei Töpfe Levkoyen, eine Geranie
und mittendrin, zierlich in einem Cigarrenkistchen,
ein Hümpelchen Reseda.

VI.
Wie das riecht? Bis zu mir rauf!

VII.
Und die Farben!
Jetzt! Wie der Wind drüber weht!
Die wunder, wunderschönen Farben!

VIII.
Ich schliesse die Augen. Ich sehe sie noch immer.

Arno Holz (1898)
(in: *Phantasus*)

Form:
Strophenform: Sinnabschnitte, keine Strophen
Versart: zentrierte Verse, freie Hebungszahlen, freie Füllungen

Schon beim ersten Hinsehen fällt die seltsame Erscheinung des Gedichts auf: es ist, wie viele Gedichte von Arno Holz, zentriert gedruckt. Er wandte sich damit gegen jede Tradition, vor allem aber gegen die Meinung, diese ungereimten Verse seien die bekannten ‚freien Rhythmen', die Klopstock erfand. Seine Dichtung sollte eine vollkommen neue, bisher nie da gewesene sein. Das Gedicht ist auch nicht in Strophen, sondern in verschieden lange Sinnabschnitte eingeteilt (1–7 Zeilen).

I. (1–6) Zu Beginn erfahren wir von verschiedenen Sinneseindrücken, jedoch von einem unpersönlichen Sprecher ausgedrückt. Zunächst ist von optischen die Rede: *Rote Dächer* (1), rauchende Schornsteine (2), aber nur *hie und da* (2); dann, noch darüber: *oben hoch ... ab und zu, Tauben* (3).Wir erfahren, dass die Sonne scheint, denn die Tauben fliegen *in sonniger Luft.* Exakt wird die Tageszeit bestimmt: nachmittags. Jetzt ein akustisches Signal: das Gackern einer *Henne Aus Mohdrickers Garten* (5), als wenn allgemein bekannt wäre, wo dieser Garten liegt. Überraschend ist außerdem die Erwähnung eines typischen Berliner Eigennamens. Die Beschreibung des vorstädtischen Nachmittags wird durch einen olfaktorischen Eindruck abgeschlossen: *die ganze Stadt riecht nach Kaffee* (6).

II. (7–13) Bis hierher ist der Tempusgebrauch ein anscheinend aktuelles Präsens. Nun aber zeigt sich, dass es sich hier um eine Erinnerung handeln muss, denn jetzt sagt ein lyrisches Ich von sich, es sei (*Ich bin*) ein *kleiner achtjähriger Junge* (7). D.h. von jetzt ab herrscht ein historisches Präsens, was bedeutet, dass es sich um die Erinnerung an einen längst vergangenen Tag handeln muss. Eine genaue Beschreibung seiner damaligen Lage schließt sich an: *das Kinn in beide Fäuste* habe er *platt auf dem Bauch* (8/9) gelegen und durch *die Bodenluke* in den *Hof* gesehen. Gucken wird hier, ganz Berliner Dialekt, mit k geschrieben: *kucke* (10). Titel und Verfasser des Buchs, in dem er bis dahin gelesen habe, werden genau genannt.

III. (14) Ein kurzer einzeiliger Ausruf betont die herrschende Stille.

IV. (15–20) Sie wird unterbrochen durch zwei sich zankende *Spatzen* (16), einen sägenden Mann (17) und das rhythmische Hämmern vom *Kupferschmied Thiel* (18–20). Besonders Eigennamen waren bis dahin in der Poesie nicht vorgekommen, sie verdeutlichen jedoch das Lokalkolorit.

V. (21–25) Unter sich sieht der Junge (sehr alltagssprachlich: *Wenn ich unten runtersehe* (21) das *Blumenbrett* seiner Mutter mit *Goldlack, Levkoyen,* einer *Geranie,* und dazwischen *zierlich in einem Cigarrenkistchen, / ein Hümpelchen Reseda* (22–25). Der rein dialektale Ausdruck für ‚Häufchen' weist auf die Berliner Heimat, aber auch auf die rührende Armut des Blumenbretts, wo es nicht genug Blumentöpfe gab.

VI. (26) Ein einzeiliger Abschnitt weist auf den starken Geruch der Blumen hin (vgl. Z. 6).

VII. (27–29) Zum Schluss wieder optische Eindrücke: *Farben,* Bewegung durch Wind, und in der Wiederholung mit preisenden Adjektiven betont: *die wunder, wunderschönen Farben!.*

VIII. (30) In der letzten Zeile werden wir wieder in die Gegenwart versetzt, denn das lyrische Ich berichtet im Präsens, dass es seine Augen schließe, die Farben aber *noch immer* sehen könne.

Mit Optischem wird ein Rahmen um die schöne Erinnerung gebildet, der Eingangsabschnitt könnte auch einfach ein gewöhnlicher Nachmittag in der Berliner Vorstadt sein, mit *Tauben,* Hühnern, und *Kaffee.* Mit allen Mitteln wird ein ganz bestimmter Ort gezeichnet, zu einer bestimmten Tageszeit, wozu dialektale Ausdrücke ebenso gehören wie die zärtliche Erinnerung an die Blumenliebe der Mutter.

Dies geht weit über den meist beschönigenden und verklärenden Realismus hinaus, da die Alltagssprache zusammen mit den Eigennamen eine Szenerie schafft, die nur an einem bestimmten Ort Platz hat. Hier sehen wir die ärmliche Kargheit einer städtischen Heimat genau geschildert, liebevoll, doch ohne Poetisierung. Zur gleichen Zeit dichteten Rilke und George weit abgehoben von der Umgangssprache in vollendeter Ästhetik. Hier wird versucht, wirklich etwas ganz Anderes, Neues zu schaffen, das Wesen einer alltäglichen Umwelt zu erfassen.

Weltende

Dem Bürger fliegt vom spitzen Kopf der Hut,
in allen Lüften hallt es wie Geschrei.
Dachdecker stürzen ab und gehn entzwei
Und an den Küsten – liest man – steigt die Flut.

Der Sturm ist da, die wilden Meere hupfen
An Land, um dicke Dämme zu zerdrücken.
Die meisten Menschen haben einen Schnupfen.
Die Eisenbahnen fallen von den Brücken.

Jakob van Hoddis (1911)

Form:

Strophe: Vierzeiler: 1. Strophe: umarmender Reim, lauter männliche Kadenzen,
2. Strophe: Kreuzreim, lauter weibliche Kadenzen
Versart: fünfhebige Jamben in männlichen und weiblichen Kadenzen

Weltende

Dem **Bür**ger **fliegt** vom **spit**zen **Kopf** der **Hut**,	a	m
in **al**len **Lüf**ten **hallt** es **wie** Ge**schrei.**	b	m
Dach**de**cker **stür**zen **ab** und **gehn** ent**zwei**	b	m
Und **an** den **Küs**ten – **liest** man – **steigt** die **Flut**.	a	m
Der **Sturm** ist **da**, die **wil**den **Mee**re **hup**fen	c	w
An **Land**, um **di**cke **Däm**me **zu** zer**drü**cken.	d	w
Die **meis**ten **Men**schen **ha**ben **ei**nen **Schnup**fen.	c	w
Die **Ei**sen**bah**nen **fal**len **von** den **Brü**cken.	d	w

Jakob van Hoddis (1887–1942), *Weltende* — Expressionismus

Dieses Gedicht wurde im Januar 1911 erstmalig in der Öffentlichkeit vorgelesen und von den übrigen expressionistischen Dichtern begeistert begrüßt. Sie erkannten hier unschwer die Verspottung der Bürger, den Collagenstil, und die vorgebliche Anlehnung an überkommene Formen mit den fünffüßigen Jamben, die jedoch durch den Kadenzwechsel und die Änderung des Reimschemas von der ersten zur zweiten Strophe unterlaufen wird.

Sehen wir zunächst den Inhalt an.

I. Ein unpersönlicher Sprecher berichtet von einer Reihe sehr verschiedener Dinge. Der *Bürger* habe einen *spitzen Kopf,* was wohl damals als spöttische Bezeichnung galt, und er trägt natürlich einen *Hut* (1) – Arbeiter trugen Kappen. Dieser fliege jedoch herab, was in Bezug auf die Überschrift *Weltende* eigentlich kein großes Unglück ist. Aber damit geht seine immer betonte Würde (als zur besitzenden Schicht gehörig) verloren. In der nächsten Zeile hört man etwas *wie Geschrei* (2), aber nur als Vergleich, was man eigentlich hört, wird nicht klar. Die nächste Zeile zeigt dann Geschehnisse, die wirklich schrecklich sind und angeblich gleich mehrfach passieren: der Absturz mehrerer *Dachdecker* – am gleichen Tag höchst unwahrscheinlich. Sie sterben nicht etwa, sondern *gehn entzwei* (3) wie irdenes Geschirr – ein für den Tod eines Menschen sehr verächtlicher und unpassender Ausdruck. Im gleichen Satz noch wird berichtet von etwas, das wohl in der Zeitung steht, da man es nur *liest* (4), also jedenfalls nicht selbst erlebt, was man vom Tod der Dachdecker ja noch annehmen könnte. Die Zeitungsmeldung besage, dass es offensichtlich bald eine (Sturm-) *Flut* geben werde, denn das Wasser steige (4).

II. In die nächste Strophe wird diese Nachricht übernommen, und, als ob vorher das Wort *Sturm* aus Sturmflut bereits gefallen sei, wird mit bestimmtem Artikel ausgesagt: *Der Sturm* sei jetzt *da.* Deshalb sind *die Meere* jetzt offensichtlich zu *wilden* geworden (1). Diese jedoch brüllen oder wogen nicht etwa, sondern (wie Kinder beim Seilspringen) sie *hupfen / an Land* (1/2) (sehr hartes Enjambement, das den unpassenden Ausdruck noch unterstreicht). Ihr Ziel sei es, ***d**icke **D**ämme zu zer**d**rücken* (2, dreimalige d-Alliteration). Bei den Deichen, von denen hier die Rede ist, spricht man normalerweise von hohen, festen oder breiten, nie jedoch wie hier von *dicke(n).* Diese sollen auch nicht zerrissen oder zerstört werden, sondern zerdrückt (Grund: die d-Alliteration). An diese Erwähnung von wirklicher Gefahr für eine Stadt am Meer schließt sich der nächste Satz an, der nun das im Norden Deutschlands ungewöhnliche -u- statt -ü- in *hupfen* erklärt: Es entsteht aus Reimzwang, denn jetzt erscheint ein ganz gewöhnliches kleines Unglück, eine Erkältung mit *Schnupfen* (3), die viele befallen habe – in Anbetracht der Überschrift ebenso wenig schlimm wie der herunter gefallene Hut des Bürgers. Nun aber folgt ein neuer Satz mit wirklich schrecklichen Unfällen: gleich zu mehreren sollen *Die Eisenbahnen* (4) herunter fallen, wobei jedes Mal sicher sehr viele Menschen umkämen. Das alles wird jedoch ohne irgendwelche Emotionen dargestellt. Während die Z. I,1/2 von den *Meere(n)* handeln, spricht Z. 3 von erkälteten *Menschen* und Z. 4 von *Eisenbahnen.* Es gibt also keinen Sinnzusammenhang. Das wird als Collagenstil bezeichnet.

Form: Während die erste Strophe im umarmenden Reim nur männliche Kadenzen aufweist, hat die II. Strophe Kreuzreim und lauter weibliche Kadenzen. Diese machen nun zwischen den Zeilen, die immer abgeschlossene Sätze aufweisen (Zeilenstil), glatte Fugungen unmöglich, da die Senkung am Versende auf den Auftakt der nächsten Zeile trifft. Das gilt übrigens auch für die erste Strophe, in der die männlichen Kadenzen in der nächsten Zeile auf eine Hebung treffen. Auf die höchst ungewöhnlichen Formulierungen wurde bereits hingewiesen.

In den knappen Hauptsätzen wird die Ironisierung der Situationen nur unterschwellig, nur für Eingeweihte fassbar. Den Kadenzwechsel z.B. wird nur derjenige bemerken, der weiß, dass im herkömmlichen Strophenbau die Kadenzen immer einander entsprachen. Das erklärt, dass die positive Reaktion auf dieses Gedicht sich zunächst auf die anderen expressionistischen Dichter beschränkte – alle nicht literarisch Interessierten hielten so etwas für reinen Unsinn.

Wichtig ist dabei, dass 1910 das Auftreten des Halleyschen Kometen viele Menschen in große Angst vor einem Weltende versetzt hatte und sie u. U. zu irrationalen Handlungen hinriss: Einige gaben ihre gesamten Ersparnisse aus, oder sie ‚retteten sich' auf hohe Berge usw. Über diese ganze Aufregung wird sich hier lustig gemacht in einer Form, die traditionellen Gedichten ähnelt, aber eben mit der Reihung von nicht auf einander bezogenen Sätzen etwas ganz Neues bringt (Collagenstil). Die Verspottung der Bürger, die nur die überkommenen Lyrikformen anerkennen, ist im Text unübersehbar und ist sicher ein Grund für die damalige Hochschätzung gerade dieses Gedichts bei den modernen expressionistischen Dichtern und ihren Anhängern.

Fragen eines lesenden Arbeiters.

Wer baute das siebentorige Theben?
In den Büchern stehen die Namen von Königen.
Haben die Könige die Felsbrocken herbeigeschleppt?
Und das mehrmals zerstörte Babylon –
Wer baute es so viele Male auf? In welchen Häusern
Des goldstrahlenden Lima wohnten die Bauleute?
Wohin gingen an dem Abend, wo die Chinesische Mauer fertig war
Die Maurer? Das große Rom
Ist voll von Triumphbögen. Wer errichtete sie? Über wen
Triumphierten die Cäsaren? Hatte das vielbesungene Byzanz
Nur Paläste für seine Bewohner? Selbst in dem sagenhaften Atlantis
Brüllten in der Nacht, wo das Meer es verschlang
Die Ersaufenden nach ihren Sklaven.

Der junge Alexander er oberte Indien.
Er allein?
Cäsar schlug die Gallier.
Hatte er nicht wenigstens einen Koch bei sich?
Philipp von Spanien weinte, als seine Flotte
Untergegangen war. Weinte sonst niemand?
Friedrich der Zweite siegte im Siebenjährigen Krieg. Wer
Siegte außer ihm?

Jede Seite ein Sieg.
Wer kochte den Siegesschmaus?
Alle zehn Jahre ein großer Mann.
Wer bezahlte die Spesen?

So viele Berichte.
So viele Fragen.

Bertold Brecht (1935)

Bertold Brecht (1898–1956), *Fragen eines lesenden Arbeiters* — Neue Sachlichkeit

Dieses Gedicht, entstanden 1935, steht in den *Svendborger Gedichte(n)*; es ist erst 1938 gedruckt worden. Es steht dort nach *Deutsche Kriegsfibel* und *Kindergedichte* in der dritten Abteilung unter *Chroniken*, und zwar als Eingangsgedicht. Das weist schon hin auf den Inhalt der Chroniken, in denen nebeneinander Sagen, Berichte von Tatsachen und auch legendäre Erzählungen stehen, es sind fast alles mündlich überlieferte Texte, im Gegensatz zu dem traditionellen Begriff von Chronik als schriftlicher Überlieferung aus historischer Zeit.

Die Arbeiterbewegung strebte immer eine bessere Bildung der Arbeiter an. Daher wird uns nun hier ein Arbeiter gezeigt, der wahrscheinlich in einem normalen Geschichtsbuch der dreißiger Jahre liest. Historische Zusammenfassungen wurden damals stets nur unter den Namen von Städten oder Königen und Heeresanführern gegeben. Dieser Arbeiter nun macht sich beim Lesen Gedanken, die durchaus in der Perspektive eines Mannes liegen, der gewohnt ist, zuerst einmal auf Reales zu achten, vor allem auf die Menschen, die Tore und Häuser errichten. Nach ihnen fragt er und wundert sich, dass diese in seinem Geschichtsbuch überhaupt nicht vorkommen.

I. (1–13) Der Text beginnt mit der Stadt *Theben* (1) in Griechenland, Stadt des sagenhaften Ödipus und seiner Tochter Antigone. Der Lesende wundert sich darüber, dass hier nur die Namen von *Königen* (2) aufgezeichnet wurden. Die große Stadt *Theben* wäre jedoch sicherlich nicht von den *Königen* erbaut worden, daher lautet die erste Frage ganz logisch: *Wer baute das siebentorige Theben?* Es wird gefolgert, dass dazu große *Felsbrocken* (3) notwendig gewesen seien, die schwer zu schleppen waren.

Ums Bauen und wer es vollbrachte geht es auch im nächsten Satz, der von der mehrfach zerstörten und bereits im Alten Testament erwähnten Stadt *Babylon* (4) und ihrem wiederholten Wiederaufbau (5) spricht. Nach dem Adjektiv *goldstrahlend* (6) für die Stadt *Lima* (6) in Südamerika wird zu Recht vermutet, dass die Handwerker wohl nicht in den prächtigen Häusern gewohnt hätten. Damit wird ein zeitlich großer Sprung gemacht wird von den griechischen Sagen über die alttestamentliche Zeit bis ins 16. Jh.

Der Bogen wird über den ganzen Erdball gespannt, denn als nächster Ort wird die *Chinesische Mauer* (7/8) genannt, deren Bau sich über mehrere Jahrhunderte hinzog (Ming Dynastie 1368–1644). Es wird danach gefragt, wohin die *Maurer* (8) dort nach Abschluss ihrer Arbeit gegangen wären, – vielleicht wird daran gedacht, dass diese Millionen von Arbeitskräften dann ja keine Arbeit mehr gehabt hätten. Wichtig sind für den Fragenden jeweils die Lebensverhältnisse der einfachen Leute, von denen man allerdings oft wenig oder gar nichts weiß, jedenfalls ist so gut wie nichts davon schriftlich überliefert.

Nach dem Sprung übers Meer bis nach *Lima* geht es also nach China in Asien und danach wieder zurück nach Europa. Mitten in der Zeile beginnt ein Satz über *Rom* (8), der die vielen *Triumphbögen* (9) für siegreiche Feldherren dort erwähnt. Wieder wird gefragt: *Wer errichtete sie?* (9), aber auch danach, über *wen* denn triumphiert worden sei. Dabei steht das *wen* am Ende der Zeile, obwohl das Verb erst in der nächsten Zeile folgt, was diesem Fragewort durch das harte Enjambement eine besondere Betonung verleiht. Offensichtlich steht in dem Geschichtsbuch vor allem Lobendes über die *Paläste* in *Byzanz* (10), Hauptstadt Ostroms seit Konstantin um 330, daher wird gefragt, ob es dort etwa *Nur Paläste* gegeben habe, was unwahrscheinlich scheint.

Hatte die Aufzählung in der Epoche der griechischen Sagen begonnen, so steht am Schluss des ersten Abschnitts wieder eine Sage, die vom Untergang des *sagenhaften Atlantis* (11–13) in einer großen Flut. Dabei hätten die *Ersaufenden nach ihren Sklaven* (13) gebrüllt, was man sich vorstellen kann.

In diesem Gedicht stehen also historische Tatsachen, Sagen und Phantasievorstellungen ebenso nebeneinander wie die verschiedenen Zeiten und Weltgegenden. Die Passage über *Atlantis* könnte überhaupt vor allem eine Phantasie des Lesenden sein, wofür der plötzliche Umschwung der Wortwahl in grobe Alltagssprache (*Brüllten* 12, *Ersaufenden* 13) spräche. In der nur hektographierten Ausgabe der Gedichte im Exil von 1944 erscheint der Text leicht geändert: es ist ein *wohl* (= wahrscheinlich) eingeschoben: *brüllten die Ersaufenden wohl nach ihren Sklaven*. Das spricht für die hier geäußerte Annahme.

II. (14–21) Der zweite Abschnitt handelt von Siegen und Niederlagen in Eroberungszügen, die den Ehrgeiz der jeweiligen Befehlenden befriedigten. Nach dem in einem Geschichtsbuch durchaus möglichen Satz *Der junge Alexander eroberte Indien* (14) wird in der nächsten ganz kurzen Zeile ironisch zweifelnd gefragt: *Er allein?* (15).

Das Gleiche gilt für *Cäsar* (16), der die *Gallier* besiegt habe. Hier wird ironischerweise danach gefragt, ob er denn nicht *wenigstens einen Koch* bei sich (17) gehabt habe. Dazu ist anzumerken, dass auch in der im Buch davor stehenden Kriegsfibel immer wieder nach Nahrungsmitteln bzw. ihrem Fehlen gefragt wird. Damit wird die Perspektive vom Ruhm der einzelnen Anführer auf die Grundbedürfnisse aller Menschen und das Ergehen der Völker verlegt, die von den berichteten Taten betroffen waren.

Folglich wird beim Bericht über die Tränen des Königs *Philipp von Spanien* (18) beim Untergang seiner Flotte zu Recht gefragt: *Weinte sonst niemand?* (19) und damit hingewiesen auf die Trauer von Angehörigen, deren Söhne und Väter mit dieser Flotte zugrunde gegangen waren. Davon steht anscheinend in den Geschichtsbüchern jedoch nichts.

Dass *Friedrich der Zweite* (hier nicht „der Große"!) im *Siebenjährigen Krieg* gesiegt habe, wird nicht bezweifelt, aber es wird, wieder mit Endstellung und damit Betonung des Frageworts *Wer* nachgefragt, ob nicht doch jemand *außer ihm* (20/21) gesiegt habe – das ist deutlich die Frage nach seinen Soldaten.

III. (22–25) Der nächste Abschnitt hat nur 4 Zeilen. Bezug nehmend auf ein Geschichtsbuch wird lakonisch festgestellt: *Jede Seite ein Sieg* (22). Damit wird der Stamm des Worts *siegte* (21) in der Zeile davor aufgenommen und implizit darauf hingewiesen, dass es in diesem Geschichtsbuch vor allem um Siege gehe. Wieder wird nach dem Kochen gefragt wie schon bei Cäsar, nämlich wer denn den *Siegesschmaus* (23) bereitet habe. Zu einem Sieg gehört ja unbedingt ein Fest – das aber könne doch nur in einer Gemeinschaft und mit einem guten Essen stattfinden, ist die dahinter stehende Meinung. Damit wird nochmals auf diejenigen hingewiesen, die die Taten der im Geschichtsbuch genannten Anführer erst ermöglichten.

In den zwei Zeilen danach wird behauptet, es habe demnach wohl *Alle zehn Jahre* (24), d.h. also in regelmäßigen kurzen Abständen einen angeblich großen Mann gegeben – die Ironie ist deutlich zu spüren, denn die Alleingänge dieser Helden wurden im zweiten und dritten Abschnitt ja massiv angezweifelt. Danach wird sofort nach den Kosten gefragt, die wie bei Geschäftsleuten als zu zahlende *Spesen* (25) bezeichnet werden. Dieser Satz steht als wichtiger Abschluss nach all den historischen Zitaten, eine Frage, die tatsächlich in Geschichtsbüchern bis heute meist nicht gestellt wird und die nun direkt auf den Materialismus der Marxisten weist.

IV. (26/27) Zusammenfassend wird im letzten Abschnitt festgestellt, dass es ebensoviel *Fragen* wie *Berichte* (26/27) gäbe. In diesem Gedicht gibt es sogar mehr Fragen (14 bei 11 Aussagesätzen), da öfter die Sätze nur aus meist rhetorischen Fragen bestehen. Die Fragewörter stehen dabei fest immer entweder am Ende oder am Anfang der Zeilen, wodurch sie stark betont werden (*wer* Z. 1, 5, 23, 25 am Anfang, Z. 20 am Ende).

Diese Kritik an der normalen üblichen und bis 1945 rein auf Heroen beschränkten Geschichtsschreibung, – „Männer machen Geschichte" war damals ein Slogan – die nur die allgemein bekannten Anführer berücksichtigte, ohne auf die Taten und Leiden der betroffenen Völker einzugehen, ist deutlich einerseits vom Materialismus und andererseits von der Sicht eines mit der Hand Arbeitenden bestimmt. In der Wortwahl stehen *goldstrahlend* (6) und *viel besungen* (10) neben *herbeigeschleppt* (3) und *brüllten* (12) – also Worte der poetischen Hochsprache neben der Alltagssprache. Das könnte man deuten als einerseits gelesene und andererseits evtl. beim Lesen nebenbei gesprochene Worte, denn nicht im Lesen Geübte lesen meistens laut. Auf solche gesprochene Alltagssprache weisen auch die ungrammatischen *wo* (Z. 7 u. 12) statt ‚als'.

Form: Brechts von ihm selbst als gestischer Rhythmus bezeichneter Stil ist besonders an der Endstellung der Fragewörter zu beobachten. Dabei entstehen jeweils harte Enjambements, die diese besonders betonen (Z. 5/6, 7/8, 9/10/11, 19/20/21). In diesen reimlosen Versen in unregelmäßigen Rhythmen, ebenfalls eine Bezeichnung von Brecht, d.h. mit verschiedenen Hebungszahlen, zwischen zwei und acht (2 Hebungen: Z. 15, 26, 27; 7 Hebungen: Z. 17, 20; 8 Hebungen Z. 11), und bis zu vier Senkungen (Z. 7 u. 16) wird die Absage an die bisherige Sicht der bürgerlichen Historiographie, die vor allem eine starke Heroisierung Einzelner betrieb, sehr deutlich, gerade so wie z.B. in Brechts Dramen vom *Verhör des Lukullus* und *Mutter Courage* und in mehreren anderen Gedichten. Stattdessen liegt der Fokus auf den Lebensverhältnissen und Leiden derer, die mit ihrer großen Zahl alle Bauten und Siege erst ermöglichten. Eine solche Betrachtungsweise war in den dreißiger Jahren wirklich ganz neu.

Vor der Gedichtsammlung steht ein Eingangsgedicht an seine Freunde, mit der Warnung, diese Worte mit Vorsicht zu verwenden. D.h. Brecht war sich bewusst, dass diese Gedichte nur für den kleinen Kreis der Gesinnungsgenossen brauchbar waren, unter denen sie heimlich weiter gegeben wurden. Denn Brecht war schon 1933 nach Dänemark geflohen, und seine Schriften, die ausgesprochen marxistisches Gedankengut zum Inhalt hatten, gehörten zu den verbotenen Schriften. Sie waren also zur Stärkung der Genossen bestimmt, nicht aber zur Aufwiegelung der gesamten deutschen Arbeiterschaft, obwohl sie sich in der *Kriegsfibel* (entstanden 1936) öfter einfach an den *Kleine(n) Mann*, die *Unteren*, wenden. Eine Veröffentlichung in Deutschland war von 1933 bis 1945 unmöglich. Zunächst sollten die Gedichte im Exil in Prag veröffentlicht werden, was jedoch 1938 durch den Einmarsch der Deutschen in Prag unmöglich wurde. Die *Svendborger Gedichte* wurden dann 1939 in Kopenhagen gedruckt.

Doch auch heute noch wird Geschichte wohl oft als reine Heldengeschichte gelehrt.

Form:
Strophen: keine Strophen, nur Sinnabschnitte
Versart: freie reimlose Verse mit wechselnden Hebungen

Fragen eines lesenden Arbeiters

Wer baute das **sie**ben**to**rige **The**ben?	XXxxXxXxxXx
In den **Bü**chern **ste**hen die **Na**men von **Kö**nigèn.	xx XxXxxXxxXxx̀
Haben die **Kö**nige die **Felsbroc**ken her**bei**ge**schleppt?**	XxxXxxxXXxxXxX.
Und das **mehr**mals zer**stör**te **Ba**by**lon –**	xx XxxXxXxX
Wer baute es so **vie**le **Ma**le **auf?** In **wel**chen **Häu**sern	XXxxxXxXxXxXxXx
Des **goldstrah**lenden **Li**ma **wohn**ten die **Bauleu**te?	x XXxxXxXxxXXx
Wohin **gin**gen an dem **A**bend, wo die Chi**ne**sische **Mau**er **fer**tig **war**	XxXxXxXxxxxXxxXxXxX
Die **Mau**rer? Das **gro**ße **Rom**	x XxxXxX
Ist **voll** von Tri**umphbö**gen. **Wer** er**rich**tete **sie?** Über **wen**	x XxxXXxXxXxxXxxX
Triumph**ier**ten die Cä**sa**ren? **Hat**te das **viel**be**sung**ene By**zanz**	xx XxxxXxXxxXxXxxxX
Nur Pa**läs**te für **sei**ne Be**woh**ner? **Selbst** in dem **sa**gen**haf**ten At**lan**tis	XxXxxXxxXxXxxXxXxxXx
Brüllten in der **Nacht,** wo das **Meer** es ver**schlang**	XxxxXxxXxxX
Die Er**sau**fenden **nach** ihren **Skla**ven.	xx XxxXxxXx
Der **jun**ge Ale**xan**der er **o**berte **In**dien.	x XxxxXxxXxxXxx
Er al**lein?**	XxX
Cäsar **schlug** die **Gal**lier.	XxXxXxx
Hatte er nicht **we**nigstens einen **Koch** bei **sich?**	XxxxXxxxxXxX
Philipp von **Spa**nien **wein**te, **als** seine **Flot**te	XxxXxxXxXxxXx
Unterge**gan**gen **war. Wein**te sonst **nie**mand?	XxxXxXXxxXx
Friedrich der **Zwei**te **sieg**te im **Sie**ben**jäh**rigen **Krieg. Wer**	XxxXxXxxXxXxxXX
Siegte **au**ßer **ihm?**	XxXxX
Jede **Sei**te ein **Sieg.**	XxXxxX
Wer kochte den **Sie**ges**schmaus**?	XXxxXxX
Alle zehn **Ja**hre ein **gro**ßer **Mann.**	XxxXxxXxX
Wer be**zahl**te die **Spe**sen?	XxXxxXx
So **vie**le Be**rich**te.	x XxxXx
So **vie**le **Fra**gen.	x XxXx

Dort hängt schon der Mond

Dort hängt schon der Mond
Zwischen den Dächern,
Mit schwächerm
Licht, als wir es von ihm gewohnt.

Das kommt, weil die Sonne noch da ist.
Wenn du ihrem Licht nah bist,
Scheint dir das seine gering.

Aber jegliches Ding
Zeigt ganz
Den ihm eigenen Glanz
Nur allein.

Wenn es erst Nacht ist
Über dem Main,
Alles Tagwerk vollbracht ist,
In Schatten gesunken Weizen und Wein,
Keine Sense im Feld und Stille im Tann –
Schau den Mond, wie sein Schein dann
Tränkt die dürstende Welt.

Georg Britting (1939)

Form:
Strophenform: keine Strophen, sondern Sinnabschnitte
Versart: freie Hebungen und Senkungen, ungeregelt gereimt

Dort hängt schon der Mond

Dort **hängt** schon der **Mond**	x XxxX	a
Zwischen den **Dä**chern,	XxxXx	b
Mit **schwä**cherm	x Xx	b
Licht, als **wir** es von **ihm** ge**wohnt.**	XxXxxXxX	a
Das **kommt,** weil die **Son**ne noch **da** ist.	x XxxXxxXx	c
Wenn du **ih**rem Licht **nah** bist,	XxXxxXx	c
Scheint dir das **sei**ne ge**ring.**	XxxXxxX	d
Aber **jeg**liches **Ding**	XxXxxX	d
Zeigt **ganz**	x X	e
Den ihm **ei**genen **Glanz**	xx XxxX	e
Nur al**lein.**	XxX	f
Wenn es erst **Nacht** ist	XxxXx	g
Über dem **Main,**	XxxX	f
Alles **Tag**werk voll**bracht** ist,	xx XxxXx	g
In **Schat**ten ge**sun**ken **Wei**zen und **Wein,**	x XxxXxXxxX	f
Keine **Sen**se im **Feld** und **Stil**le im **Tann –**	xx XxxXxXxxX	h
Schau den **Mond,** wie sein **Schein dann**	XxXxxXX	h
Tränkt die **dür**stende **Welt.**	XxXxxX	x

Neben den politischen Gedichten von Brecht und Kästner gab es eine Richtung, die sich ebenfalls von dem Pathos des Expressionismus abgewandt hatte. Sie wird Naturmagie genannt, vor allem Lehmann, der frühe Günter Eich und Georg Britting gehören in diese Gruppe.

I. In dem hier besprochenen Gedicht haben wir ein Bild von einem Mond über einer Stadt, mit hohen *Dächern* (2), denn der Mond hängt ja *zwischen* ihnen. Er hat am frühen Abend noch nicht sein volles Licht erreicht, *wir* (4) sehen vor uns den blassblauen Abendhimmel mit einem weißlichen, vielleicht noch nicht ganz vollen Mond. Die Leser werden durch das *wir* gleich mit eingebunden.

II. Warum das so ist, wird uns, wieder mit einer persönlichen Anrede, gleich erklärt: Die Sonne ist noch nicht untergegangen und man sieht daher den Mond nur schemenhaft.

III. Die Erklärung dafür ist nun ganz allgemein und bezieht sich anscheinend auf alles, was existiert. Wenn eine Sache, hier: *jegliches Ding* (8), überhaupt einen *eigenen Glanz* (10) habe, so zeige es diesen *Nur allein* (11). Dies ist deutlich eine allgemeingültige Aussage, die hier am schwachen Mondlicht vor Sonnenuntergang bewiesen wird.

IV. Nun wird der zeitliche Fortgang geschildert: Wenn erst die Nacht hereingebrochen sein werde, dann störe das Sonnenlicht nicht mehr. Zuerst wird jetzt die Beendigung der Arbeit erwähnt, wir sind mit *Weizen, Wein* und *Sense* (14/15) deutlich im Bereich vor der Stadt, ja bis hin zum Wald (*Tann* 15) geht der Blick. Dann kommt eine Aufforderung an den Leser, der also miteinbezogen wird in das Gedicht, und mit dem bairischen *Schau* (16) sind wir wieder beim Sehen, wie beim *Dort* des Gedichtanfangs. Nun folgt noch einmal eine umfassende Aussage, die sich auf die gesamte *Welt* bezieht, die wohl immer nach Licht *dürste(t)* (17), jetzt nach dem *Schein* des Mondes – eine neue und sehr schöne Synästhesie. Damit rundet sich das Gedicht: Es begann mit dem noch schwachen Licht des Mondes und endet mit seinem wie eine Flüssigkeit die ganze Welt erfüllenden Licht.

Form: Obwohl alle Verse sich reimen und es eine Einteilung gibt, die aussieht, als wenn es Strophen wären, finden wir im Gedicht keine Rückkehr zu traditionellen Dichtweisen. Denn Strophen müssten auch die gleiche Metrik aufweisen, hier jedoch finden sich ganz verschiedenartige Verse: mit einer (I,3, III,2), drei (I,4, II,1-3; III,1; IV,7) und vier Hebungen (IV,4,5); alle übrigen haben zwei Hebungen. Die Verse haben Auftakt oder keinen, einfache und doppelte Senkungen. Das bedeutet, dass die Freiheiten, die der Expressionismus schuf, beibehalten wurden. Die Reime gehen über die Abschnitte hinweg, wir haben umarmende Reime: Z. 1–4, Reimpaare (5/6; 7/8; 9/10; 15/16); und Kreuzreim (11–14). Nur das umfassende Wort *Welt* steht als Waise für sich allein am Schluss des Gedichts und umfasst sozusagen alles.

Das Gedicht hat also eine sehr freie, höchst selbständige Form, und im Abschnitt II steht eine ganz alltagssprachliche Fügung: *Das kommt, weil* ...(5). Aber genau in der Mitte, Verse 8–11, steht die sentenzhafte Aussage, dass der Glanz jeden Dings immer nur dann erscheine, wenn dieses *allein* stehe. Solche Aussagen finden sich in vielen dieser Gedichte, die deshalb nicht einfach als Naturgedichte bezeichnet werden können. Die Literaturgeschichte erfand dafür den Namen Naturmagie. Dieses Gedicht, das mit einem einfachen optischen Eindruck beginnt, daran eine allgemeine Aussage anschließt und mit der hochpoetischen Darstellung des Mondscheins über der danach dürstenden Welt endet, entfaltet sicher einen gewissen Zauber.

Latrine

Über stinkendem Graben,
Papier voll Blut und Urin,
umschwirrt von funkelnden Fliegen,
hocke ich in den Knien,

den Blick auf bewaldete Ufer,
Gärten, gestrandetes Boot.
In den Schlamm der Verwesung
klatscht der versteinte Kot.

Irr mir im Ohre schallen
Verse von Hölderlin.
In schneeiger Reinheit spiegeln
Wolken sich im Urin.

„Geh aber nun und grüße
die schöne Garonne – ”
Unter den schwankenden Füßen
schwimmen die Wolken davon.

Günter Eich (1947)

Form:
Strophe: volksmäßige Vierzeiler im Kreuzreim
Versart: Vierheber, Kadenz klingend und stumpf (Nibelungenzeile)

Günter Eich, *Latrine* (1907–1972) — Kahlschlagliteratur

Das Gedicht *Latrine* von Günter Eich zeigt die typische Lage eines Kriegsgefangenen in einem provisorischen Lager 1945. Es unterscheidet sich deutlich von der bis zum Kriegsende üblichen Lyrik, die im Kreis der „Kolonne", zu dem Eich anfänglich gehörte, vor allem Naturlyrik war. Viele in diesem Gedicht vorkommende Wörter erscheinen von 1920 bis 1945 nicht in deutschen Gedichten.

I. Ein explizites lyrisches Ich (4) berichtet von seinem Aufenthalt auf der *Latrine* (einer ‚Toilette' im Freien, d.h. ein Balken über einem ausgehobenen Wassergraben) und zwar im Präsens, was alles ganz aktuell erscheinen lässt. Mit der Tätigkeit des Sich-Entleerens und mit Fäkalien haben 19 Wörter zu tun, d.h. zunächst die ganze erste Strophe und die Hälfte der zweiten. Zweimal kommt allein das Wort *Urin* (I,2 u. III,4) vor, jedes Mal als Reimwort. Auch die bei einer Latrine unvermeidbaren Tiere, die *Fliegen,* die noch dazu alliterierend *funkelnde*(-) sind (3), werden erwähnt. Das Verb ‚umschwirren' (3) ist obendrein realistisch lautmalerisch. Ebenso realistisch wie der ekelhafte Inhalt des Wassergrabens wird die Stellung des lyrischen Ich dargestellt: *hocke ich in den Knien* (Reim auf *Urin* 4).

II. Der Satz geht weiter von der ersten in die zweite Strophe, der *Blick* des lyrischen Ich richtet sich ins Weite: auf *bewaldete Ufer / Gärten, gestrandetes Boot* (1/2). Es handelt sich um eine Landschaft am Wasser, die aus *Gärten* (Kultur) langsam in die unbearbeitete Natur hinüber gleitet. Mit dem Bild des *gestrandeten Bootes* könnte zusätzlich die allgemeine deutsche Situation nach Kriegsende herauf gerufen worden sein. Doch in der gleichen Strophe geht es wieder um die Tätigkeit an der und die Eigenschaften von der Latrine – akustisch wird deutlich gemacht, dass der sehr harte (*versteinte*) ***K**ot in den Schlamm*... ***k**latscht* (3/4, Alliteration). Noch abstoßender ist die Bezeichnung für den Inhalt des Grabens als *Schlamm der Verwesung* (1, dort verwest der Kot).

III. Es gibt hier drei Ebenen: unten der Graben, darüber der Mensch und ab der Strophe III hoch oben helle *Wolken,* die sich im Graben *spiegeln* (3/4). Hier werden erstmals rein positive Worte, übrigens mit vielen hellen Vokalen, gebraucht: *in schneeiger Reinheit spiegeln / Wolken sich im Urin* (3/4). Dass in dieser Umgebung und bei dieser Tätigkeit dem lyrischen Ich *Verse von Hölderlin* (III,2) ins Gedächtnis gerufen werden, und zwar quasi akustisch im eigenen Inneren (sie *schallen)*, kann nur noch mit dem Wort *irr* bezeichnet werden: *irr mir im Ohre schallen / Verse von Hölderlin* (1/2), – Reim auf *Urin* (4)! Das einsilbige Wort *irr* (1) klingt im Anschluss an den einsilbigen Schluss der zweiten Strophe besonders hart.

IV. Das gleiche gilt für den Übergang der dritten zur vierten Strophe, die ebenfalls mit der Hebung einsetzt, die also (wie Strophe III nach Strophe II) mit dem männlichen Ausgang der dritten Strophe einen Hebungsprall bildet. In der vierten Strophe werden nun wörtlich Hölderlin-Verse zitiert: *„Geh aber nun und grüße / die schöne Garonne."* (1/2). Dies sind Z. 5/6 aus dem Gedicht *Andenken,* das an den Aufenthalt Hölderlins in Bordeaux erinnert. Mit der *Garonne* wird der Fluss dort benannt, es wird also eine ähnliche Landschaft, wie hier mit *Ufer* und *Boot* vorgestellt. Die Wiederaufnahme des Wolkenmotivs in der IV. Strophe erhält durch den Gegensatz zwischen dem Wasser des Grabens unten, in dem die Wolken gespiegelt erscheinen, und deren eigentlichem Ort hoch droben eine irrationale Komponente. Wie das Ich sich mit den Hölderlin-Versen zumindest innerlich aus der tristen Umgebung davonstiehlt, so *schwimmen* jetzt die *Wolken davon* (4) – und zwar, obwohl sie doch eigentlich oben sind, *unter den schwankenden Füßen* (3) – weil sie sich ja dort, in dem stinkenden Wasser, spiegeln. Damit ist nochmals eine Verbindung zwischen oben und unten geschaffen, zwischen dem Mann in seiner demütigenden Stellung und den Wolken, die unterstrichen wird durch die Alliteration von *schwankend* und *schwimmen.* Die vierte Strophe ist die einzige, die statt xaya einen echten Kreuzreim, abab, aufweist (aber mit überschießendem -n bei *Füße*n) – hier überglänzen die Hölderlin-Verse die Situation, die trotzdem ganz realistisch bleibt, denn es ist weiterhin alles sehr genau geschildert.

Form: Wir haben mit dem Anklang an den 4-hebigen Volksvers (Nibelungenzeile) und mit der Lebendigkeit der freien Füllungen und freiem Auftakt noch eine Fortführung der poetischen Tradition.

Das Thema jedoch und die geschilderte Situation klingen derart ungeheuerlich in ihrer schrecklichen Realistik, dass man hier den Neubeginn der deutschen Nachkriegs-Poesie beobachten kann. Durch solche und ähnliche schmerzhaft realistische Eich-Gedichte wie z.B. die *Inventur* oder *Die Schutthalde* und das *Pfannkuchenrezept* wurde der Begriff der Kahlschlagliteratur nach 1945 geprägt. Damit setzten sich die ernüchterten Dichter der Nachkriegszeit ab von dem leeren Pathos und den Beschönigungen der Naziliteratur. Hölderlin-Verse in einer solchen Situation klingen fast blasphemisch, wecken aber die Hoffnung, dass Dichtung alles überdauern kann und nicht verloren geht.

Latrine

Über **stin**kendem **Gra**bèn,	XxXxxXx̀
Pa**pier** voll **Blut** und U**rin**,	x XxXxxX
um**schwirrt** von **fun**kelnden **Flie**gèn,	x XxXxxXx̀
hocke ich **in** den **Knien**,	XxxXxX
den **Blick** auf be**wal**dete **U**fèr,	x XxxXxxXx̀
Gärten, ge**stran**detes **Boot**.	XxxXxxX
In den **Schlamm** der Ver**we**sùng	XxXxxXx̀
klatscht der ver**stein**te **Kot**.	XxxXxX
Irr mir im **Oh**re **schal**lèn	XxxXxXx̀
Verse von **Höl**der**lin**.	XxxXxX
In **schnee**iger **Rein**heit **spie**gèln	x XxxXxXx̀
Wolken sich **im** U**rin**.	XxxXxX
„**Geh** aber **nun** und **grü**ßè	XxxXxXx̀
die **schö**nè Ga**ronne** – "	x Xx̀ xX
Unter den **schwan**kenden **Fü**ßèn	XxxXxxXx̀
schwimmen die **Wol**ken da**von**.	XxxXxxX

(In der zweiten Zeile der IV. Strophe würde ich eine beschwerte Hebung, Xx̀, innerhalb der Zeile annehmen: *die* ***schönè***, um den durchgehenden Vierheber, hier mit stumpfer Kadenz, zu erhalten).

Tagereise

Nun müssen wir weitergehen
bis zu den schwarzen Steinen
der gestrigen Nacht
die unsere Feinde genährt hat
die unsere Freunde verzehrt hat
die unsere Eltern geblendet hat
daß sie uns zeugten

Erich Fried (1963)

Form:
Strophe: keine Strophe
Versart. freie Verse

Tagereise

Nun **müs**sen wir **wei**ter**ge**hèn	x XxxXxXx̀
bis zu den **schwar**zen **Stei**nèn	XxxXxXx̀
der **gestri**gen **Nacht**	x Xx̀xX
die **un**sere **Fein**de ge**nährt** hàt	x XxxXxxXx̀
die **un**sere **Freun**de ver**zehrt** hàt	x XxxXxxXx̀
die **un**sere **El**tern ge**blen**det **hat**	x XxxXxxXxX
daß sie **uns zeug**tèn	XxXXx̀

Die klingenden Kadenzen in ***ge*** *hèn,* ***Stei*** *nèn, ge**nährt** hàt, ver**zehrt** hàt,* ***zeug*** *tèn*, die sich an Volkslieder anlehnen, wie sie Fried auch in früheren Gedichten verwendet hat, geben diesen Worten das Gewicht, das sie im Gedicht vom Inhalt her haben.
***gestri**ge* hat eine beschwerte Hebung vor der Nebenhebung.

Dieses Gedicht ohne alle Satzzeichen, also ein ganz modernes, ist eine Mahnung: Wir müssen jetzt (*Nun*) endlich *weitergehen,* und zwar bis hin zu den *schwarzen Steinen* (2). Was könnten das für Steine sein? Ich denke, die vom Rauch der Verbrennungsöfen geschwärzten Steine. Denn wir wissen, dass die Verwandten von Erich Fried Juden waren wie er selbst und deshalb von 1933–45 verfolgt, eingekerkert, getötet und auch verbrannt worden sind.

Anfangs werden *wir* (= alle) aufgefordert, nun endlich bis dorthin zu gehen, daran zu denken und uns zu erinnern an die schreckliche Finsternis einer bestimmten Zeit (*bis zu den schwarzen Steinen* 2), nämlich der Zeit *der **gestrì**gen Nacht* (2/3), auch wenn es eigentlich ein Widerspruch ist, ‚weiterzugehen' zu etwas, das gestern war. Aber da das ein Wagnis ist und zur Verzweiflung führen könnte, ist die Forderung, endlich weiterzugehen, berechtigt: sich endlich dem zu stellen, was dort lauert, dem schrecklichen Schmerz. Durch diese beschwerte Hebung ist das wichtige Wort eigens betont.

Diese *Nacht* wird nun näher erklärt: Es muss die Zeit der NS-Herrschaft sein. Grund: Sie hat *unsere Feinde* (die der Juden), also die Nationalsozialisten, *genährt* – denn sie haben vom Tode der Juden profitiert, sie hat dagegen unsere *Freunde* (wieder die der Juden) *verzehrt*, und dies tatsächlich, mit Feuer (4/5). Hier steht der einzige Reim in diesem Gedicht: *ge**nährt** hat – ver**zehrt** hat*, wohl jeweils eine klingende Kadenz und damit besonders betont. Damit werden die Täter und Opfer fest zusammen gebunden, und der Schmerz wird verstärkt.

Nun aber kommt das Schlimmste: Diese Nacht habe *unsere Eltern* (die der Juden) *geblendet* (6). Dass etwas Dunkles, Nacht ist ja dunkel, blenden könnte, ist sehr unwahrscheinlich. Hier ist aber gerade das Unwahrscheinliche, das Unvorstellbare betont: Diese dunkle Nacht habe *unsere Eltern geblendet* – hinter diesem Wort liegt auch das andere: ver–blendet. So verblendet, dass sie uns (diejenigen, die diese Forderung zum Weitergehen stellen) noch zur Welt brachten. Dahinter steht wohl der Wunsch: O wären wir doch gar nicht erst geboren! Und das ist wohl der schrecklichste Gedanke eines Menschen – eines, der soviel Leid erfuhr, dass er lieber nicht auf der Welt wäre. Die *gestrige(-) Nacht* (3) ist hier vor allem aktiv, sie, zu der gegangen werden soll, hat alles Schreckliche bewirkt.

Form: Die Verse reimen sich nur von der vierten zur fünften Zeile, die dadurch noch enger zusammen gebunden werden in ihrer Antinomie. Obendrein erscheinen in den Reimen noch Doppelhebungen – abermals eine Betonung. In der sechsten Zeile mit der Anklage an die Eltern erscheint dann die längste Zeile des Gedichts mit vier vollen Hebungen und zweimal doppelten Senkungen, die einen Anlauf bilden zur letzten, nur dreihebigen Zeile, die die Folge der ‚Verblendung' der Eltern zeigt, und in der Betonung des *uns* wirklich aufschreit.

So ist die Reise am Tage, die in die Nacht führen müsse, aber eben in die *gestrige* – d.h. in die Erinnerung – eine schwere und harte Forderung, aber alle nachfolgenden Generationen der Opfer und der Täter sollen sie erfüllen.

Damit ist dieses hermetische Gedicht auch ein politisches.

Während ich hier warte
sehnt sich die Zeit draußen im Meer
aber wird immer wieder an ihrem Blauhaar zurückgezogen
erreicht nicht Ewigkeit –
Noch keine Liebe zwischen den Planeten
aber geheime Übereinkunft zittert schon –

Nelly Sachs (1961)

Form:
Versart: freie Verse

Während **ich** hier **war**te		XxXxXx
sehnt sich die **Zeit drau**ßen im **Meer**		XxxX XxxX
aber wird **im**mer **wie**der an **ih**rem **Blau**haar zu**rück**ge**zo**gen		XxxXxXxxXxXxxXxXx
er**reicht** nicht **Ewig**keit –	x	XxXxX
Noch **kei**ne **Lie**be **zwi**schen den Pla**ne**ten	x	XxXxXxxxXx
aber ge**hei**me Über**ein**kunft **zit**tert **schon** –	xxx	XxxxXxXxX

Hier spricht ein explizites lyrisches Ich. Es wartet – ein oft vorkommender Tatbestand. Aber es wird nicht gesagt, auf wen oder was gewartet wird. Dem unbestimmten, jedoch begrenzten *hier* wird eine große Weite gegenüber gestellt: *draußen im Meer* (2). Dort nun befindet sich keine Person, sondern ein abstrakter Begriff, *die Zeit*. Diese *Zeit* hat Gefühle, denn sie *sehnt sich*. Wonach, wird uns ebenso wenig gesagt, wie das, worauf das lyrische Ich wartet.

Diese Sehnsucht muss sehr stark sein, denn sie bewege *die Zeit,* und zwar nach vorn, denn sie werde *immer wieder ... zurückgezogen,* und sogar an ihren Haaren, was jedenfalls nicht angenehm ist. Dieses *immer wieder* manifestiert sich in einer überlangen Zeile mit sieben Hebungen. Das *Haar* der *Zeit* (3) soll blau sein – eine Farbe, die öfter mit Sehnsucht verbunden wird und dem Meer ähnelt, das an klaren Tagen auch blau erscheint. Jetzt (vgl. 4) erfahren wir, wonach sich die Zeit so sehr sehnt: Sie möchte offensichtlich die *Ewigkeit* erreichen, – also ihr absolutes Gegenteil, denn Zeit ist immer begrenzt, Ewigkeit aber unbegrenzt. Danach steht ein Gedankenstrich – vielleicht wird noch viel Zeit vergehen, ehe die Zeit dieses ihr Ziel erreicht.

Wahrscheinlich aber ist das vor allem Ersehnte die *Liebe zwischen den Planeten,* (5) die es jetzt *noch* nicht gibt – also werden wie der Zeit auch den Planeten Gefühle zugeschrieben.

Die letzte Zeile lässt mit dem *aber* des Zeilenanfangs Hoffnung aufscheinen: Es gäbe doch bereits eine *geheime Übereinkunft*, die *schon* leise *zittert* (6). Das Zittern drückt wohl aus, dass es noch keine festen Tatsachen gibt, dass alles noch unbestimmt ist, aber *schon* begonnen hat.

Form: Die Gegensätze zwischen dem Warten des lyrischen Ich, der Sehnsucht der *Zeit* und der Kraft, die die Zeit hier zurückzieht, spiegeln sich in der überlangen Zeile 3 mit sieben Hebungen, die vielleicht die Gewalt des Zurückziehens darstellt. In den letzten beiden Versen gibt es einen dreisilbigen Auftakt und dreisilbige Senkungen, was in traditionellen Gedichten, auch in freien Rhythmen, so gut wie nie vorkommt. Der zweimalige dreisilbige Anlauf vor einer Hebung könnte das erwähnte Zittern ausdrücken .

Dann, wenn erst die *Liebe zwischen den Planeten* hergestellt sein wird (wie das wohl möglich ist?), dann wird sich die Zeit mit der Ewigkeit verbinden können, dann wird alles gut werden. Denn die Voraussetzung für die Liebe zwischen den Planeten ist ja vielleicht zuerst die Liebe zwischen allen Menschen. Darauf aber müssen wir alle wohl noch warten.

In diesem Gedicht ist alles noch so offen wie der Gedankenstrich am Schluss – wir können nur ahnen, was gemeint ist. Es ist ein deutliches Beispiel für hermetische Dichtung, in der das, was ausgesagt wird, nicht ohne weiteres verständlich ist, und vieles nur angedeutet wird, d.h. der Leser muss seine eigenen Gedanken dazu entwickeln.

Register